U0483733

藝　文　叢　刊

龔賢集

〔清〕龔　賢　著
姚述紅　整理

浙江人民美術出版社

圖書在版編目（CIP）數據

龔賢集 / (清) 龔賢著 ; 姚述紅整理. -- 杭州 :
浙江人民美術出版社, 2025. 1. -- (藝文叢刊).
ISBN 978-7-5751-0407-4

Ⅰ. I214.92; J121

中國國家版本館CIP數據核字第20246BH697號

藝文叢刊

龔賢集

〔清〕龔　賢 著　姚述紅 整理

責任編輯：霍西勝
責任校對：張金輝
責任印製：陳柏榮

出版發行　浙江人民美術出版社
　　　　　（杭州市環城北路177號）
經　　銷　全國各地新華書店
製　　版　浙江大千時代文化傳媒有限公司
印　　刷　杭州高騰印務有限公司
版　　次　2025年1月第1版
印　　次　2025年1月第1次印刷
開　　本　787mm×1092mm　1/32
印　　張　6
字　　數　118千字
書　　號　ISBN 978-7-5751-0407-4
定　　價　35.00圓

如有印裝質量問題，影響閱讀，請與出版社營銷部（0571-85174821）聯繫調換。

出版説明

龔賢（一六一八——一六八九），又名豈賢，字半千、半畝，號野遺，又號柴丈人，又稱鍾山野老，江蘇崑山（今屬蘇州）人，流寓金陵（今南京）。龔氏出身於官宦之家，少年時頗有意氣。然明清易代之際，慘遭家破人亡之禍，且目擊清兵暴虐之狀，遂不復謀求仕進，而以遺民自處。嘗往來於揚州、海安等地，結交明遺民，以塾師、畫師謀生，晚年頗爲窮困潦倒。

龔氏好學，在書畫、詩文等方面均有極高造詣。書畫方面，龔氏幼年即用心繪事，尤擅山水，取古法而創新意，用墨濃厚，獨具風格，别饒趣韻，位列清初「金陵八家」之首，時人以當代范寬之目，所謂「山水沉鬱渾莽，元氣淋漓，獨邁群品，人鮮能窺其奥，今之范華原也」。其書法尤長於行草，雄奇奔放，仍不失矩矱。

詩文方面，乃龔氏甚爲屬意者，嘗不無自負地寫道「餘生皆酒力，不幸以詩名」，所作深爲黄周星、周亮工、朱彝尊等人推許之。周亮工《讀畫録》中載：「（龔賢）筆墨之暇，賦詩自適。詩又不肯苟作，嘔心抉髓而後成，惟恐一字落人蹊逕。酷嗜中晚唐詩，蒐羅百餘家，中多人未見本。曾刻廿家于廣陵，惜乎無力全梓，至今珍什笥中，古人慧命所係，半千真中晚之功臣也。」從中可以窺見其作詩之態度以及詩法之取徑。總而言之，其詩中寄託興衰，感歎滄桑，多蘊激憤之情，不乏落拓之語，不愧爲一代作手。

因龔氏以遺民自處，詩中頗多違礙文字，在清代文網日密的狀況下自然很難結集刊刻、廣泛流傳，目前能見到的只有部分詩作收在各種詩歌選集和地方志書中。故而本次整理出版《龔賢集》，乃就傳世各類文獻中所載加以整合董理，主要包括以下部分：

（一）安徽歙縣文化館所藏《草香堂集》。該本爲抄本，不分卷，每頁九行，每行十八字，書口有「草香堂集」四字。全書分五言律、七言律及近集三部分，共收詩二百零三首。書前有「金閶劉建之梓」字樣，汪世清先生認爲：「從紙墨和行款的情況看，當是乾隆以前的舊抄，而且是根據刻本的過録本。這就可以肯定，龔賢的詩集早有刻本行世，集名不是《香草堂集》，而是《草香堂集》。」該抄本的發現，對於釐清龔賢詩集有著重要意義，然而是否如汪氏所云「是根據刻本的過録本」，「龔賢的詩集早有刻本行世」，難以驟斷。此次將該集加以標點整理，編爲《龔賢集》之卷一。

（二）上海圖書館所藏《龔半千自書詩稿》。該本爲稿本，亦不分卷，以行草書自作詩，每頁字迹多寡不均。全書共收七言律詩七十餘首，皆爲康熙十一年（一六七二）至康熙十四年（一六七五）間所作。是書曾經龔心釗收藏，書中多有其浮簽按語，對於瞭解詩作頗有助益。此次將該集標點整理，龔心釗一併收入，編爲《龔賢集》之卷二。另外，該書後附有龔賢尺牘兩通，則歸入卷三尺牘部分。

（三）如上所述，龔賢部分詩作散見於各種詩歌選集和地方志書中，爲《草香堂集》及《龔半千自書詩稿》所無者，另有類似《龔半千自書詩稿》所附尺牘等文字。本次將上述詩作、尺牘、跋語等分類予以匯總，成《詩文輯佚》一卷，爲《龔賢集》之卷三。

（四）龔賢長期以教授生徒詩文書畫爲業，有多種課徒稿、論畫筆記傳世，今將上述內容予以匯總，成《畫論彙編》一卷，爲《龔賢集》之卷三。

上述四部分內容難稱龔氏著述之全部，然嘗鼎一臠，或許可以想見其當日風采之一二，故仍以《龔賢集》名之。因詩文輯録來源較爲龐雜，體例難以整齊劃一，主要是整理者水平有限，其中不妥之處定當不少，懇望讀者匡我不逮。

目録

卷二　龔半千自書詩稿……五四

卷三　詩文輯佚

文

卷

信　札

卷一　草香堂集

五言律

三家村

三家成一村，煙火自朝昏。慣看鴉歸樹，驚聞人過門。瓜蔬隨地有，藥果累年存。較雨量晴外，夫妻無雜言。

城　北

可憐城北路，寂歷一人過。日夕松篁亂，天寒鳥雀多。是非泉汩没，今古石嵯峨。已醉山橋酒，歸來好放歌。

道逢韓天樵飲

山人向何處，長嘯意悠哉。除却看雲外，無非問酒來。杖錢新又挂，村店晚仍開。斟酌短籬下，相憐菊未摧。

贈剩上人繫中

老僧待死處，古寺號承恩。無地可行脚，徼天且閉門。既知身是幻，羞問舌猶存。向午坐清寂，蒲團松樹根。

憶剩上人

異域老僧存，今生誰討論。月明沙漠地，天迴玉關門。念故傷毛髮，還家枉夢魂。幾將書札廢，不望上林恩。

二

萬死不辭難，重生非所安。健騾三尺雪，破衲一天寒。塞遠紅旗小，山危古道盤。轉將詩自慰，還恐罪相干。

三

沙漠難爲鬼，風霜不愛人。只因五個字，斷送百年身。生死日無定，家鄉信可真。幸於聞道後，天地等浮塵。

四

韓愈貶潮陽，青蓮謫夜郎。才高天見忌，身遠譽初彰。風雪壓愁眼，山川充餒腸。吾師萬里外，詩意正茫茫。

金陵懷古

短笛喚愁生，江船夜復清。月明挑戰地，潮打受降城。殘柳欲無影，哀鴻只一聲。石磯飛不去，淒絕古今情。

起來

起來何所事，日日五更愁。舉世待青眼，吾生逢白頭。雨涼群鳥散，草細一庭幽。還是開書卷，閒心庶可投。

古揚州

三月柳花明，風濤煬帝城。樓船壓簫鼓，臺閣對蓬瀛。殊服全歸貢，遐方不用兵。日曛歌妓出，初試薄羅輕。

適　遠

馬上淚盈把，僕夫無此情。風高長路白，雲黑大河明。已共閒愁老，休教離夢生。天涯方浩蕩，何處是歸程。

將之廣陵留别南中諸子

壯游雖我志，此去實悲辛。八口早辭世，一身猶傍人。定知隋苑曉，還憶蔣山春。揖别諸兄弟，追隨有故貧。

海安贈陸舜

敢負當年約，今來十日留。大荒升海氣，雄鎮入河流。漁澤爾應長，醉鄉我已侯。雞豚各安堵，翻動故園愁。

贈徐逸

大野坐茅居，出門逢太虚。誰留此天地，以放爾迂疏。避世不謝客，種田還買書。艱難見明主，妒殺漢相如。

山家

山家牢落後，幽事日相牽。樵樹古人墓，牧驢荒草田。陰風收夕照，遠水上寒煙。天地莽無際，清歌悲暮年。

清涼寺

廢寺留荒井，經行秋雨過。臺松摧自古，山果赤無多。時警風喧寂，如聞鬼嘯歌。六朝灰劫盡，碑碣獨難磨。

百苦

百苦不一樂，中宵夢忽清。有家長作客，到老尚謀生。牆月背人下，野風空自鳴。明朝渡江水，前路未休兵。

與杜濬于篁

一見偶然事，生平舊所知。道衰宜縱酒，世亂莫談詩。殊有戰争地，全虛歸隱期。老情漸蕭散，後此漫相思。

題青瓶禪院僧寮

寒水夜光新，荒庵左右鄰。一庭無影月，幾個不眠人。霜栗剥充飯，雲松樵作薪。匡床折鐺外，天地共清貧。

宿黄莊

野風吹短草，幽夢出山莊。水射溝渠細，歌升蚯蚓長。數年驚我老，閲世笑人狂。每到棲遲地，歸心已暗傷。

宿盧氏山莊

楊柳迷沙徑，莓苔上板橋。雨催群鳥散，煙剩一亭遥。買酒指村姓，尋鮮問海潮。主人真愛客，門外宿輕橈。

寄張遂

屏居溪水上，不到故人船。醉踏荒煙岸，獨吟殘雪天。生平無可恨，癡絶已能傳。剩有寂寥月，空床那慣眠。

春夜與練氏兄弟局戲

無事轉不寐，空堂滿笑聲。與人行六博，炙酒到三更。已見梨花白，正當春月明。身輕家破後，開眼即蓬瀛。

吾衰

歲月去如此，吾衰可奈何。白頭羞自見，青鏡懶教磨。家在桃花岸，醉同漁父歌。此身委天地，看著被磋砣。

清涼寺

聞道清涼寺，前朝避暑宫。松深三殿緑，佛古一燈紅。石徑藏幽魅，荒苔吟細蟲。感懷興廢事，坐到月朣朧。

柳莊

徐氏柳莊古，柳圍莊勢圓。限盧渾是水，下榻便登船。午睡夢魂緑，獨居情性偏。煮魚當蔬菜，滑飯飽餘年。

浦子口飲守將趙鼎鉉

江橫浦子口，飛渡笑談間。到岸轉無樹。入城渾是山。故人爲府帥，高馬領秋閒。醉倒菊花酒，月明殊未還。

山早

才罷人間夢，又聞天上風。梅花壓簷白，日色遍山紅。自惜此生老，相依吾友窮。不逢漢武帝，辭賦爲誰工。

莊居

日落土城西，煙生四野迷。免冠看歸犢，植杖數棲雞。門照空場白，塘包短樹齊。酒來香出甕，蔬果問山妻。

贈顧夢游

此老稱詩史，何人采國風。眼開今古際，心定亂離中。版屋白門舊，布袍吾道窮。梅花自耕種，香雪晝濛濛。

與韓二阻雨黄莊

主人賢乃甚，不許客言歸。已信酒初歇，翻愁雨入微。荷花攲欲卸，燕子濕還飛。頻顧天樵説，居山志莫違。

送翁磊

海上送君去，空園獨看花。漸知身是寄，不爲我無家。故舊在何處，別離寧有涯。囂囂書一卷，讀到鬢如麻。

與僧問水住吴陵破寺

半世愛高衲，相隨共曉昏。白雲山改路，青草寺無門。踏處鳥禽亂，笑來天地翻。雨餘尋筍蕨，不暇問真源。

贈王玄度

世路今如此，交情自有真。要知一裘士，不是百年人。到老身歸佛，成童號已神。鬢毛霜雪遍，儘可傲風塵。

陸遯翁

背市即幽居，莓苔半畝餘。性偏難契合，骨老更迂疏。織紝大小婦，休閑左右書。顧同萊子隱，不敢比相如。

飲羅使君小臺

小臺臨寂歷，溪斷欲生塵。此地近於古，何年方及春。柳條枯有影，月色苦無人。斟酒勸僮僕，清寒莫怨嗔。

一春

一春斷消息，江國雨冥冥。屋老書愁濕，燈殘客自聽。兵戈猶未已，身世欲全經。因想故山道，哀猿啼古塋。

獨立杏花下

獨立杏花下，悠然無所思。一春惟病酒，半月未成詩。世亂待吾老，身貧仍祖遺。將尋五嶽勝，徧告白雲知。

北郊 揚州作

十里舊倡家，空留幾片霞。野田埋戰骨，山鬼種桃花。暫觸興亡感，翻爲古今嗟。吾生多不遇，此地正繁華。

懷人

邊海易高風，鳥驚殘醉中。窗臨寒水白，屋倚亂田空。已到人翻去，多慚夢不工。别離古有恨，天地願長終。

起遲

久廢人間事，遂忘朝起遲。懶前難著物，閑殺轉無詩。緑草知春力，白頭先老期。自炊脱粟飯，一飽竟何爲。

客中憶故園

無家今四載，每欲動歸思。故國送春後，山窗聽鳥時。雨停花滿地，風細草平池。此況憑誰説，客中聊有詩。

莊　居

攜書船上讀，枕簟欲秋生。小雨溪魚食，新燈樹鳥驚。醉常尋野店，夢不入州城。休笑幽棲者，幽棲自有營。

落　花

已見花零落，朝來不起床。望穿經歲眼，憐殺暫時香。嫩葉未抽碧，山園且就荒。不堪對今日，燕子一家忙。

夜　坐

自勸杯中酒，頹然獨醉翁。坐聽四壁静，虚費一燈紅。岸打寂寥水，鳥驚嗚咽風。故鄉在何處，客久忘西東。

讀書海上洪二過訪會天樵亦從白門來

生平二知己，既到復能齊。酌酒風燈夜，宿船霜葉溪。愁多驚鬢白，話久聞雞啼。忍廢重逢樂，中願正鼓鼙。

客中除夕

客裏逢除夕，淒涼今四年。酒連愁易醉，詩出夢無全。漸喜交游廢，自知情性偏。相隨小童僕，睡熟火爐邊。

赴徐俠士東淘高宴

徐客甚荒唐，分封古醉鄉。樓船接雲氣，妓女散空香。此日難再得，吾生應不忘。歸來雙耳底，猶覺沸笙簧。

陳氏別業

托宿山窗下，山寒煮酒香。鳥聲響空翠，僧影返斜陽。楚漢戰爭罷，漁樵利澤長。生平遠游興，到此盡相忘。

宿徐氏別業

扶醉主人去，吟詩客自留。蛙聲隨野闊，月色過庭幽。反以棲遲地，深余歸隱謀。荒莊能有此，更接水邊樓。

憶韓二

荒寂不能寐，空牀布被寒。窗蕉愁緑破，簷雨滴更殘。燈影尚無滅，蟲聲非一端。故人客何處，醉裏思漫漫。

莫識異鄉客，終爲遠别人。留書無半册，展讀已千巡。笑我本忘世，於君何獨親。兵戈滿天地，愁殺未歸身。

高樓難極目，落日一江斜。緑樹野人社，青煙漁父家。酒醒如夢裏，詩好隔天涯。風入秋衣冷，夷猶采澗花。

南國多豪士，悲歌吴楚分。城空銜落日，江晚結愁雲。脱劍有誰贈，著書還自焚。扁舟尋范蠡，揮手謝功勳。

等閑不相見，鎮月不相思。别我四五日，憶君多少詩。荒江寒色早，亡國雁聲悲。獨立高臺上，徒令竹杖疑。

短牆三十堵，殘夜月明隈。水涸蛙魂斷，草荒蟲響哀。思君如病酒，扶杖懶登臺。天末寒應早，秋從江上來。

亂餘尋老父，兄弟越江船。家計隨身裏，詩篇作枕眠。猿聲重嶺樹，月色五更天。只恐白門友，在君魂夢邊。

終日言離別，今朝却異鄉。夢餘還未信，醉裏不能忘。明月石城古，秋風江路長。幽人怨清夜，白露濕衣裳。

贈程思聰

高適老爲詩，先生頗近之。不言常過日，當飯亦沉思。踏破寒梅影，吟成孤鶴姿。垂名嫌宇宙，非爾汝能知。

倦游

一身悲去就，誰是孟嘗門。不必人情好，但令吾道存。敝裘難換酒，老馬已生孫。笑向山僧説，霜髭白到根。

陳氏小堂

小堂背溪水，頽塌苦蒿生。瓦脊有帆過，牆頭見犬行。獨炊煙火細，午睡夢魂清。牧唱樵歌外，讀書聲幾聲。

贈朱有則

白髮丹心老，憐余涉世迂。生前逢鮑叔，慨不是夷吾。野月船雙槳，春風酒一壺，即看天壤内，聲氣未全孤。

月黑

月黑空山夜，山尨吠不休。豈無閑盜賊，肯顧舊貧愁。對酒時時好，横琴處處幽。漫思華省吏，刀鋸在前頭。

阻雨浦子口趙帥府中

到家無百里，風雨截途生。寒氣秋横浦，江聲夜入城。幾人同酒醒，隔榻問詩成。不是投知己，難爲孤旅情。

海上徐逸招予讀書五年偶憶西歸書此志别

暫向金陵去，尋人慰所思。定旋千里駕，不負五年期。絶塞臨天路，平沙欲雪時。心傷無可説，别後有新詩。

留别弟子徐凝

帆挂海頭雪，西行楊柳摧。主人傷一别，弟子念重來。此地人情好，當年吾道衰。長沙難作傅，休問賈生才。

留别陸朝知己

又欲别離去，前途失所親。幾時能傍汝，終老免懷人。邊月鳴雞早，河風摧柳頻。陶潛辭禄米，豈不計吾身。

别海安鎮

人情移再見，良友亦能貧。到處盡如此，吾生多苦辛。河水流白日，海戍隔黄塵。且熟舟中酒，還同老病親。

夜　晴

久雨天無厭，夜晴人不知。月明蟲語處，户白夢醒時。抱病難辭酒，忘愁忽賦詩。歸期方漫説，雙鬢已成絲。

夏夜寒

南方炎熱甚，清絶愛吾廬。煙白岸無樹，月晴溪上魚。幾年從傲慢，衆口罷吹嘘。破衲匡床在，支持酒力餘。

憶剩上人

懷人萬里外，沙漠雪霜時。鴻雁飛難到，音書付阿誰。生還無此事，同謫失前期。不願收骸骨，須傳異國詩。

何日山中住

何日山中住，山中廣置田。高原兒課種，精舍我閑眠。二月到八月，鶯天與筍天。總無愁苦法，那得不長年。

吴王故宫

吴王開霸業，一半入荒唐。古殿有遺址，蒼苔亂夕陽。久非朝謁地，還作戰争場。野老何知識，耕煙御路傍。

鄭老

鄭老太迂疏，經年懶讀書。何嘗無漢武，不肯學相如。下榻一壺酒，充盤半片魚。春深風雨過，赤足洗階除。

有感而作

閱歷似明鏡，人情見久長。要將身有托，自與世相忘。山果貧家飯，枯藤道士床。皆堪送吾老，何用擬行藏。

泛舟

新水泛天地，舟行無所依。掠波看燕疾，脱網惜魚肥，岸背櫓聲去，山連雨氣微。再逢興廢後，愧殺舊烏衣。

燈盡

燈盡夜不了，月斜人未眠。城空秋鬼哭，壁破野狐穿。生我亂離世，知天多少年。驅愁憑酒力，須使酒無邊。

壯哉行

吾家羽林將，兄弟好英雄。獨挽天池馬，雙開鐵背弓。殺人争飲血，掠地不分功。漢室雲臺上，諸君凛下風。

幽　人

削壁到青冥，幽人下古亭。水空花照影，天霽鳥修翎。解帶迂臣術，棲雲著道經。長生真可學，不是養參苓。

送劉姑丈入京

家貧思作吏，三月去皇州。柳葉逢青眼，桃花笑白頭。敢言才力屈，直爲稻粱謀。持此干明聖，金門倘見收。

平　山

荒臺無鳥雀，下地盡汀洲。山白江南雨，蓮紅郭外秋。尋詩悲斷碣，弔古過空樓。欲作評泉客，明朝攜具游。大明寺水，天下第五泉。

送寄道人歸後作

送送忽然別，橋頭日已曛。獨歸閑更立，清嘯遠還聞。麥秀全垂露，天高不上雲。那能來久住，几榻與平分。

哭王賜

亡友王夫子，黄泉去幾年。不留書卷在，誰以姓名傳。得病爲無酒，重生仍少錢。南山聽琴處，松冷一床煙。

寄洪舫

雪國上孤船，不歸花欲然。自傳書信後，各住夢魂邊。群盜走白日，饑烏滿廢田。此身貧可許，把酒問蒼天。

白門貧賤士

白門貧賤士，皮骨老空存。累世承高蹈，何由見至尊。艇閑沽酒路，衣曝落花墩。倘遇舊時友，傷心無可言。

元旦

趨蹡朝紫極，曾住日華東。久斷金門漏，還聞玉佩風。潮通亡國大，花傍戰場紅。欲把一樽酒，高原哭史公。

題羅使君隱居

先生挂冠隱，鄰里未全知。清課王維畫，閑愁賈島詩。溪平封月色，樹老集風嘶。性賞寂寥意，非關世亂離。

不寐有懷

蕭蕭邗水上，歌哭不停聲。最是樓頭月，偏當愁處明。鬱陶心恐碎，反側夢難平。那得從今日，生人没有情。

留别南梁友人

歸去非吾土，猶然道路行。鬚眉徒覺老，車馬不知程。病雨桃花白，飄天春水清。淹留渾醉飽，誤殺是虛名。

初　雪

風急雪不下，雪稀風轉輕。可憐小村市，猶著舊旗鈴。萬柳頹相似，一溪閑有情。要催詩興發，天意費經營。

深　夜

深夜一燈青，陰風下廣庭。客愁正無際，鬼哭頗堪聽。掩卷對今古，脱冠存典型。歡糟同世醉，不忍獨醒醒。

送楊三從兄之官

不見動經月，暫離難片時。一官非己有，千里去誰知。門外喧車馬，齋中束畫詩。深情自無間，莫逐歲華移。

與鄭氏兄弟阻雨桃源莊

風雨濕歸船，空亭榻暫懸。殘香猶在樹，新緑已平田。相對客無語，各吟詩一篇。人生盡行路，何用畫堂前。

送石樹上人還越

來不知所自，姓名當去疑。久參應得道，相見只談詩。衲破連雲補，舟輕帶月移。我生如泛梗，敢問出山時。

野雪獨步

老人巾褐慣，扶醉看新晴。野店衝寒閉，溪船載雪行。近籬梅可折，隔竹犬無聲。已廢吟詩癖，狂來興復生。

再到

三人送我行，再到轉凄清。游子遞歸舍，新寒空滿城。葉稀霜墜濕，鴉老曙無聲。不是六親盡，誰孤阪旅情。三人，謂爾世、方舟、瀾生也。

野老

此老生野屋，朝廷曾未聞。饑貧果充飯，出入鳥爲群。兩鬢上秋雪，一鉏翻冷雲。纔疑粱孺子，癡拙又全分。

紀夢

客居邗水上，有夢未離家。兄弟羽毛氅，岩廊薜荔花。黄金賭棋酒，白日坐喧嘩。覺後窗禽散，涼天映碧紗。

七言律

舊京

神京再造古幽州，此地蕭條二百秋。王氣遥連鍾阜夕，雄圖空抱大江流。草生御路長侵殿，花滿宫城不見樓。紫禁纔聞下金鏁，歌鐘九陌樂公侯。

燕子磯懷古

斷碣殘碑誰勒銘，六朝還見草青青。天高風急雁歸塞，江迴月明人倚亭。慨昔覆亡城已没，到今荒僻路難經。春衣濕盡傷心淚，贏得漁歌一曲聽。

醉後憶剩上人

臥床臨酒忽大醉，起來還作披衣行。草枯地白月無色，風急夜寒蟲一聲。可憐故舊隔異域，不寄音書傷此情。人生幾時復敗意，骸骨莫收求令名。

山　夜

獨倚危柯看鳥樓，夜寒天静忽驚啼。月生蘋藻白於地，煙障亭臺隔此溪。愁絶幸無妻子問，老來不受夢魂迷。陶然醉盡山中酒，始信莊周物已齊。

重來海上

斷纜斜牽八尺船，重來髩鬍又經年。野河過雨闊無岸，春草隨風緑到天。幾處別離渾涕淚，半生遺贈有詩篇。從今欲效虞翻隱，無那丘塋魂夢邊。

翁磊過宿

不出村莊却住船，客來情話夜無眠。犬號矮屋黄茅月，鳥宿寒溪碧樹煙。雙屐撇開孤枕外，一琴横在亂書邊。中原萬里正戎馬，何事移家墾薄田。

客散後作

去鎮曾無十里遥，故人經月廢尋招。步來爲逐天高爽，歸罷那堪風寂寥。綠水紫蘋愁暮鴨，斷煙疏柳失平橋。相思依舊空臺上，獨倚胡床吹洞簫。

拜鄭公墓前御史爲虹

祠宇淒涼不忍經，草深蛇鼠護精靈。墓門野水一方白，石路新松四尺青。敢念殺身仇未雪，空餘亡國恨無醒。陰風拜罷颼颼起，日落樵歌遠在聽。

客中漫成

一曲悲歌行路難，老愁消盡雪盈冠。海天風急酒初熟，關塞雲深菊正寒。笑我不居華省下，宜人直作布衣看。故鄉昨夜音書到，古木園陵灰燼殘。

中　夜

水邊獨立月光低，露濕疏蛩亂草迷。在客幾年頭盡白，舉家十口淚空啼。鄉閭不可到書信，魂夢生憎連鼓鼙。暫解愁懷殘醉力，詠詩中夜轉淒淒。

蘇文學見過明日賦詩答之

十年膚髮老風塵，入鏡何堪對此人。且就客居安夢想，遂成絶國遠交親。柴車不枉丹楓路，野饌唯烹石沼鱗。施報原非前古法，傲然高臥倘無嗔。

憶　祖

一去巴江二十年，總無消息到南天。君臣社稷再興廢，城郭人民誰保全。朱紱即能僚佐裏，白頭難久雪霜邊。歸來頗有滄洲地，何用王門乞酒錢。

再過燕子磯

燕子磯頭萬古亭，片帆識得舊曾經。可憐鞏固興王地，又作荒涼牧馬庭。春水一江過雨緑，曉山四澤望人青。漁歌聲斷歸何處，淚灑征衣不忍聽。

漫　成

愁裏新詩醉後歌，手拈白髮奈他何。中原回首兄弟遠，客路關心豺虎多。風急小城臨野渡，沙平落日下明河。古來亦有成康世，何事憂傷我獨羅。

宿徐雲客家

托宿田家醉似泥，起來中夜轉淒淒。人耕落月高原上，雞唱荒煙小鎮西。故國不堪勞遠夢，他鄉翻可定幽棲。誅茆結屋藏書卷，雲白山青斷鼓鼙。

歸　來

直到村邊纔有鄰，歸途寂寂不逢人。野鴉饑向斜陽噪，小菊寒依塌塚新。待出亂離知我在，欲安疏放許誰嗔。荒岡扶杖下孤影，回首城南十丈塵。

石頭城

石頭城外江流清，石頭城裏人難行。寒風遠圃幾家在，白日荒雞一處鳴。自昔已如遭喪亂，到今猶幸未戈兵。老妻故塚得見否，歧路空催涕縱橫。

港　上

飽飯高眠懶賦詩，空居歲月去遲遲。出門開眼此何處，過雨平橋又一時。世上聲名貧未買，鬢邊霜雪老無辭。故鄉親友殊榮藉，不用勞勞費我思。

憶弟

風卷黄沙臥海頭，草枯蓬斷凜高秋。中原戎馬且休息，萬國征徭正討求。書寄那能逢弱弟，夢回似欲長離憂。因貧作客客如此，淚灑他鄉不可收。

天涯

數領衣掌半篋詩，不成蹈海亦天涯。中年稱老豈無謂，病骨與人將已而。睡足空庭荒白日，春深野色上疏籬。兵戈故國痛回首，欲寄音書付阿誰。

獨客

寒露籬邊豆滿藤，晚炊獨客飯依僧。深藏林草病還在，長揖君王懶未能。雲宿榻前先下幔，月來窗口自吹燈。漢書待我他時讀，誰給蘇欽酒二升。

過徐燮故居

徐燮，白門貧士也。爲安化幕，以亂阻絶。其母日思之，遂泣涕而終。

北城風色晚颸颸，徐氏門前柳斷枝。半毁故巢辭鳥雀，新穿亂穴住狐狸。天涯可有人思母，屋裏還聞鬼哭兒。扶杖經過愁問訊，道旁鄰里亦無遺。

朝睡

朝來獨裹布衾睡，夢到天台不肯歸。世事於今誰復問，人情無異我徒非。短籬矮屋古風在，碧草紅桃春雨肥。只有樵山漁水客，瓦瓶提酒扣岩扉。

舊王府

孫皓降旅捲石頭，東吳霸業只今留。依微正殿還知處，寂寞空城總向秋。狐狖避人傳父子，芻蕘無事説公侯。先皇草創曾居此，斷碣殘碑相對愁。

贈魏老

天地飄飄一老翁，窄冠短髮髮還蓬。宴酣獨笑王公上，走匿難尋樵牧中。白紙書成争换米，新詩傳去不歸筒。嘗乘暝色大堤望，愛聽寒林十里風。

貧簷

不從闕下到肩齊，還坐貧簷聽曉雞。萬卷常隨雙眼密，一燈相向十年低。寒生敗絮久無力，酒入空腸夜轉饑。際會有時難强致，憎人幸少買臣妻。

海　安

經年作客海安鎮，愛此將添隱者扉。到處桑麻皆可種，當時親友漫相依。野船月白跳魚入，樵擔風清帶鹿歸。朱紱不能勞夢寐，甘垂衰鬢有光輝。

移　樽

十年辭賦流江國，滿眼交游甲第開。獨我老來猶落魄，何人自認不憐才。徒聞蔣詡曾添徑，大笑燕昭枉築臺。鋤笠故山應未毁，放歌歸去墾蒿萊。

自　述

雙眼雲霞足飽更，亂離作客不知程。黄花戍上逢家信，白骨堆前寄此生。閭里有時還哭泣，朝廷何日再歌賡。飄零異國一杯酒，閑與村翁説太平。

贈海陵張三

甲第連雲東國，獨將才子作情癡。青衫時有江州淚，黄鶴空題崔顥詩。花影撲篬朝睡熟，月輪隨馬夜歸遲。千金不惜留賓客，酒罷高堂動弈棋。

訪友清涼道中

悔將鬢髮老天涯，纔到清涼處士家。石壁長成苔蘚色，空舟落滿薛蘿花。除看樹鳥日無事，爲打溪魚歲一嘩。幸得所交僧接引，鄰人問著不知他。

友人以文得罪戍遠邊詩以憶之

忍見江頭楊柳枝，故人窮老謫邊陲。書來何異死生隔，恨未相逢離別時。應托夢魂寒乞絮，那知妻妾命如絲。從前罪戾甘心受，即不爲文悔亦遲。

憶周生

麥頭初晚露瀼瀼，野水河邊落日黃。心有所思忘立久，愁無可説放歌長。漁妻停竹下烏鬼，獵叟隨船抱白狼。得與周生分隱地，不勞徵辟到荒鄉。

寄官道者

道人焚却老莊書，竹杖藤床雲外居。巴蜀不留炎漢業，草茅羞説孔明廬。仰天一笑有何事，曳履獨吟逢子虚。消息近傳丹火熄，月華高映大還初。

友人見過

爲尋白髮到漁磯，踏破溪光群鳥飛。蝸篆留房粘箬笠，蟲絲牽葉墜山衣。快談不涉人間事，小飲應寬野外飢。日午麥苗煙未散，平疇風動緑微微。

獨夜

倚杖空堂獨吟詩，酒醒開眼傍淒其。煙迷田野犬仍吠，月上三更人不知。已與白頭成老友，再逢黄石愧吾師。此生懶種籬邊菊，忍見寒花霜雪時。

客秋

亂餘愁問故山居，且向天涯結草廬。高鳥涼煙迷澤樹，驚蛩落月動沙墟。不官愛見鬢毛白，避客長隨筋力舒。秋秫已登催釀酒，養生留得老聃書。

九日

邊隅地遠足風塵，蕩子憑高憶所親。不有黄花來傍酒，苦將白髮暫隨人。水梟獨叫淒涼晚，野哭無聲戰伐新。北極朝廷消息斷，此身應愧是王臣。

贈鄰友

白頭老翁狂叫客，家居只隔豆花籬。乘閑一到或再到，不論眠時與醒時。涼雨過庭開晚酌，斜陽射榻補殘棋。神堯天下本無事，何用而今吏治爲。

答韓二甾

半畝清涼山下宅，與君相見即吟詩。草堂石磴在何處，綠酒黄花非此時。漫道卑官才不及，欲成小隱數還奇。寄書日遠應稀少，爲報孤蹤到海涯。

贈戆叟

功名謝盡讀奇書，鬢髮蕭蕭禮漸疏。那有薄田還負郭，空餘隘巷不容車。英雄涉世恥彈劍，公輔當時先釣魚。草野賦詩人欲殺，高歌一曲意何如。

疏竹茅堂庇一身，鳥聲山色在幽鄰。賦詩到老無他想，屈指如君能幾人。野飯可留新至客，村醪時款未歸春。生平再到承平世，病骨支離終隱淪。

越江漁隱

十載孤臣逐泛萍，扁舟何處問中興。寒潮夜雨過嚴瀨，明月蒼煙失漢陵。歌罷忽驚身去國，酒醒却笑氣填膺。垂竿謝盡人間事，只有干將棄未能。

山家早寒兼憶白門韓二

空階風墮葉聲乾，雲白溪閑夕照殘。未有新詩報微醉，獨將草屨踏荒寒。低簷乍咽疏蛩斷，禿樹高棲并鳥安。南國所思能執手，不知何以盡交歡。

過鄭老故居

朽株松下一徘徊，恍有先生拄杖來。自昔兒孫皆散佚，到今鄰里尚悲哀。白雲夜没燒丹竈，明月秋臨飼鶴臺。書卷盡隨毛髮瘞，人間空説掞天才。

寄南梁友人

樓上題詩樓下眠，酒家費盡典衣錢。縱安愚陋辭明主，肯減風流讓少年。知己漫言存海内，封書難得寄天邊。白頭多爲相思老，何處春山無杜鵑。

題王州佐余高

俸薄家貧官屢更，兵戎南國暗歸程。古人不可師陶令，聖世猶然棄賈生。酒熟衙齋誰見過，詩成秋夜自還賡。饑癯一鶴隨閑適，月滿空階訟獄平。

家在江南黃葉村

家在江南黃葉村，參差茅屋幾間存。亡妻已埸前山墓，鄰叟來耕左壁園。强對客途收涕淚，即逢杯酒亦歡言。廣陵遍地皆明月，猶幸傷心無夜猿。

家在江南黃葉村，寥寥犬吠正當門。荒岡月出樵蹤斷，茅屋煙深燈影存。三百里遥連夢隔，一雙淚下濕愁繁。弄琴還有山中意，回首他鄉誰可言。

贈黃濤

鬢髮蕭蕭江水春，酒家托宿愧初貧。解驂贖罪無知己，挾劍報仇疑古人。花滿故宫飛客舍，草生亡國失要津。上書敢待金門詔，乞作陵前耕種民。

草香堂近集

讀李太白集

壯心輕五嶽，李白非詩人。入世不得意，常臥酒中春。倘遇明天子，功比皋陶倫。嗟哉讀遺書，滿眼猶風塵。

題畫贈白嶽程琳

山亭虚敞坐高臺，面面奇峰擁不開。春盡雪消泉可聽，橋邊應有道人來。

懶

懶到中年不可醫，半生事業幾篇詩。已逃債主孑身去，大笑饑腸只我隨。天上別無閑日月，人間空長賤鬚眉。金門老朔世情甚，割肉分錢忍恥爲。

題潘氏幽居

地僻誰經過，柴門傍午開。吟前虚緑宇，臥處有蒼苔。到老方知性，當年或用才。瓦鐺支得好，茶響覺初來。

贈竹溪老人

到老無愁只好顔，姓名不出碧溪灣。暫過鄰里嘗春酒，閑抱兒孫看晚山。竹筍長成羹汁外，桃花開落笑聲間。吾皇記得軒轅氏，白日龍升尚未還。

題畫贈吴孝廉山濤

小結黄茅溪水傍，道人只解讀蒙莊。不因疏懶實無事，爛醉門前掃夕陽。白草荒荒山寂寂，齊梁滅盡濤聲息。何人飽飯拉枯藤，閑上江亭看石壁。

送陸寄翁游黄山

海上披裘陸寄翁，相隨老衲與山童。天寒歲暮游何處，手指軒轅煮藥宫。軒轅已逐浮丘去，鐵竈丹爐倚松樹。月明猿鶴響空山，古道蒼苔濕清露。聞説天都不易登，金剛肚滑雲難憑。此時性命輕如葉，得句須酬接引僧。我念此山十年矣，與客偕行行復止。不是神仙幻化身，那能得到群峰裏。凡有幽奇必定探，折巾休惜惹雲嵐。邗江臥客釀春酒，待爾歸來聽爾談。

贈葉榮知己

此日交游少，如君僅見哉。自高先下士，不妒勝憐才。畫理看雲態，詩情問酒杯。朝朝發清興，爲我出城來。

生日作

破産罷躬耕，天寒客遠城。餘生皆酒力，不幸以詩名。氣短貂裘敝，魂傷春水清。龍泉如鈍鐵，争敢向誰鳴。

贈潘高士江

布衣草屨足生平，獨使幽居面古城。掃盡一庭閑日影，聽他萬樹老風聲。妻孥亦解耽岑寂，雞犬何妨托性情。儘似陶潛去官後，短琴醉罷膝前横。亂後人高處士名，多君别遂隱居情。生成巢許何須傲，學到夷齊總不清。薄醉村醪陪月色，獨行山路遇鐘聲。苦吟纔得新詩老，短鬢宜添霜雪莖。

贈慧謙上人

老僧骨瘦耽詩癖，吟入寒空調轉哀。萬事拙疏爲世笑，一生辛苦礪吾才。塵封鐵磬何曾擊，月到柴門總不開。歉歲長饑飯山果，鉢盂安穩坐蒼苔。

遲起李四十五使君見過

春睡濃於酒，客來驚起遲。難開明處眼，且誦夢中詩。負懶將何用，安貧莫不宜。竟忘瓶粟罄，童子問朝炊。

再贈慧謙上人

作慣山僧懶不言，忽然狂起興飛翻。賦詩爲煮四更飯，看月常開一夜門。鳥度寒溪破煙色，犬號空籟臥松根。相傳人世頻遷改，我佛何曾讓至尊。

題畫贈天都隱士潘衡

雨過驚泉走白龍，晨鐘滿地濕無蹤。道人但解結茅宇，不識黄山第幾峰。

大雪羅使君送酒榼召鄰老同飲

門外雪花大如簸，門内幽人只一個。手披李白蜀中詩，皮老天寒凍皴破。忽然眼底立雙童，殺榼酒樽并肩荷。殷勤剖讀數行書，慰我荒齋寂寥坐。希光走焰世上情，貧簷盡日誰經過。使君高誼良感人，古交在今殊可賀。瓦際停看白漸高，笑聲不覺空堂大。風前把燭召比鄰，隔牆呼起袁安臥。

臘月晦日王鮑二友見過

二客不知歲，相攜過草堂。我能逃世俗，爾亦怪人忙。破凍梅花白，侵春日氣香。莫辭今夕酒，醉殺事尋常。

漫　成

短褐頹巾著十年，茅茨結宇竹爲椽。由來不作功名想，到老寧嗟時命慳。煙上寒溪輕欲滅，月臨秋浦白無邊。賤貧肆志皆耽癖，黄菊一叢詩幾篇。

春陰尋詩

野外無營睡起遲，樹陰垂地緑離離，庖廚絶火常過日，風雨杜門惟賦詩。自昔君平爲世棄，何緣韓伯有人知。郡中又下賢良詔，就道停看是阿誰。

題畫寄山中故友徐師嶽

開眼青天窄，周身翠壁寒。仙人家咫尺，書卷借來看。

王玄度五十贈以詩

河上老人王玄度，布袍聲譽馳京華。顛來落筆詩滿紙，縱意大書還自誇。雙眼識盡俠烈士，王侯意氣不敢加。揚州散金笑李白，我輩囊槖寧復奢。卒見異物不足怪，天地反覆無吁嗟。量包山海混星曜，輕視一氣同浮瓜。短歌豈顧善謳者，虞帝瑟皆淫哇。生平二日不曾醉，毋故逃亂山之涯。外此霜亭與雪路，倒盡一樽巾幘斜。今年五十未得志，出入猶乘麋鹿車。淮南作客頭鬢白，辭賦浪擲如泥沙。弱兒新孫各異縣，老妻食貧常在家。晴拾風枝空澗底，石圃短蔬寒更嘉。先生倦游厭五嶽，歸將雙隱談桑麻。石户之農追可及，老萊仲子迹不遐。搴松爲門蘿補屋，榻前幾樹山梅花。開書可看可不看，誰以疏慵責到他。周秦楚漢讓年壽，坐老青山鳥不嘩。

浴鷺詩爲宗弟黄作

朝浴微禽怯小寒，瑶泉只合玉爲盤。塵埃不上羽人服，霜雪常沾高士冠。多謝飄零來此住，敢言羈紲戀吾歡。溪頭自去收供給，一丈青絲八尺竿。

題　畫

開户盡封翠，過山仍有溪。市喧難到耳，傍午一聲雞。

候　渡

細路行穿蘆荻花，渡頭水落坐平沙。探囊沽酒薄難醉，倚客賦詩雄自誇。過雨忽明殘日色，隔江遥見野人家。清風何處歌漁子，鷗鷺一行飛起斜。

野　泛

小艇焚香出晚津，雨收天地緑無塵。新秋葭菼全迷澤，野水鸕鷀不避人。何處清歌乘暇適，此時高士盡沉淪。明鐺活火煎吾酒，手把長竿起素鱗。

寄海上吴嘉紀

與君結識爲兄弟，别路迢迢千里餘。見面此生應絶少，寄書以後莫稀疏。草香野日臨山户，花落春風掃敝廬。同時躬耕棲隱士，反因漂泊接衣袪。

過徐氏莊居

渚田過雨是鳴蛙，醉踏山橋看晚霞。愛爾先人創基業，令予貧士有吁嗟。四邊緑樹藏群屋。萬里青天圍一家。秋熟更無租吏到，何須洞口認桃花。

除夕寄疏上人

倏忽又除夕，凄凉憶去年。身留荒海鎮，目對遠場煙。乞晝殊無已，催科恐未然。冰霜潛野澤，巾褐上漁船。累盡病俱去，魂歸命乃全。櫓聲翻可聽，牧唱絶堪憐。迎著山僧喜，勝他地主賢。挂囊禪帳側，稽首佛床前。洗濯湯深闊，敲炮果接連。到家無骨肉，作客類神仙。豈是偶相得，應知夙有緣。小童能覓酒，鄰婦代烹鮮。元日遲遲起，晴春穩穩眠。一庵當古路，萬柳夾長川。住此願常足，由來性愛偏。笑歌忘忌禪，步履失狂顛。縱博空輸夜，居山那要錢。粗豪真氣在，拱揖俗情蠲。草際過人代，焚餘出簡編。窮鄉難托鉢，秃頂自耕田。米豆瓶罍滿，瓜蔬梁棟縣。攀崖樵苦竹，帶月汲寒泉。爾法宗臨濟，吾皇氏葛天。方纔貪暇適，旋復恨流遷。莫斬私恩斷，同爲小信牽。入城如桎梏，覿面挺戈鋋。伐號兵相及，椎秦事再傳。敢言柔舌在，寧望死灰燃。崇讓安屯蹇，蒙羞護弱孱。力筋雖憊矣，興致尚存焉。早謝四方役，還賡十畝篇。寄書遥或墜，致語達尤慳。涕淚階庭濕，悲歡歲序圓。若教神聚散，直到夢虛玄。燈暗塵埃壁，鼠窺風雪筵。見聞都覺異，抑鬱竟誰喧。黽勉趨林藪，毋終老市廛。

飲練莊

君家兄弟好心情，愛客常邀對醁醽。數頃桑麻渾足用，十年兵火未曾經。晚風氣肅林間地，新月影黄溪上亭。野岸牧童牛背唱，儘堪供我醉時聽。

訪徐俠士海上

十年生死不相聞，忽寄音書鴻雁群。匹馬趨尋流電轉，僕夫指顧列疆分。路經沙磧秋無草，天入滄溟晚易雲。自是男兒四方志，會從絶遠立功勳。

題畫贈鄭孝廉元志

樹老風聲孤岸静，水空天遠半湖青。山人不識有巢氏，十月誅茅自結亭。

飲劉氏歸來

貧家釀酒樂冬閑，醉拉枯藤僻路還。愛此千山明雪底，幸餘雙眼在人間。心供吟詠他無暇，事屬憂愁便不關。古迹竟隨傷感盡，六朝留得水潺潺。

題孫山人逸畫

片石拔地起，居然卑五嶽。面面皆天成，神功焉可托。

初見友公同赴潘高士齋悉嶺師消息

不見友公頭已白，相逢又欲振衣還。何期此夕同看月，却悔從前各住山。幾句話終庭寂寂，一餐飯罷意閑閑。因思萬里竄身者，猶望蒙恩生入關。

得嶺師消息因作預想詩

吾師斷不死邊陲，預想歸來拜見時。絶遠須憑竹杖説，苦寒唯有布袍知。繫中松柏同無恙，吟處溪山仍可詩。反笑故人多慰問，久游方外是前期。

嶺師以詩得罪配遠州將有生還消息喜而賦之是年大赦天下

倘有歸來日，惟愁笑不休。可憐親肺腑，難報舊冤讎。反衲捫紅蝨，臨風梳白頭。五年飽煙雪，只作向平游。

緑水謠贈史高士在信

邗江水緑三月時，弱柳含煙千萬枝。隨家天子當年事，風雨鵂鶹啼不知，繁華閱歷向千載，屢犯兵戈猶未改。曲巷幽人不出門，撫時笑罷猶慷慨。十年布衣猶著身，左圖右書忘清貧。一官輸却陶彭澤，酒甕枕頭眠晚春。少小空懷霖雨志，海竭泉枯總非是。掃迹甘爲孺子春，耽奇能識揚雄字，至今十日九日間。一日看雲還看山，青蔬白筍到盤内，詩客老僧相往還。性情自静何須養，蒼苔映我鬢眉長。坐使聞疑道貫開，曾參呼起供爬癢。戴笠乘牛早課耕，農歌咽斷東方明。二人垂白待温飽，階下犬雞游太平。自言隱遯心如石，束帛蒲車招不出。何況深山巢許流，挂瓢洗耳唐虞日。

懷友蒼師書寄

閉户客依新月坐，渡江僧與亂山逢。相邀同住此村寺，獨去又聞何處鐘。竹杖挑閑忘力罷，草屩踏懶觸雲封。題詩翠壁留名姓，好待招尋識野蹤。

贈羅使君

使君高義今無比，使君博物前賢裏。柴生半世交游侈，得公不復貪知己。生秦仕晉公之始，大梁牧民正綱紀。賦成書遍民間紙，分符握兵衛天子。九重寢夢高安矣，畏人汲黯人工毀。所以抽簪趿芒履，窄冠短褐逍遥只。西歸不得風煙靡，江漢浮人昧生理。一船滿載惟圖史，八口相隨斷甘旨。瓶儲甕貯空留底，致書故人常乞米。邗江結廬暫棲止，瓦閣虛憑亂煙水，柴關晝掩苔生齒。學書直許鍾王似，丹青不讓營丘李，北苑南宫忝先軌。幽蹤不入紅塵市，踏金買名徒足恥。驚人句就千金抵，杜陵野老休專美，御書三絶當懸此。今年使君鬒猶紫，六十未來五十駛。何人服政枯心髓，吾方夢見羲皇氏。芙蓉集裳佩蘭芷，村酒瓦盆肴五簋，虛懷接見天下士。月明緑綺浮宫徵，賭棋輸却青山咀。門内雍雍治絲枱，佳兒滿前材騄駬，騰驤雲路何勞擬。大人光明履福祉，千秋忽過纔彈指。滄海澄清直可俟，反毛洗髓常事爾。使君其殆猶龍是，小臣願爲關尹喜，五千言在斯文起。

游上方寺禪智寺，在今揚州府城東北十里，隋大業年間改名上方寺。

上方山寺自何年，號改隋皇碑碣傳。天末遠青疑是樹，日中荒土亦生煙。迴廊風雨瓦俱塌，神像淋漓面不全。大笑古來興建者，每留頹壁索詩篇。

前　題

此地繁華能幾日，到今銷歇已千年。寺中僧得休糧術，山下人疑煮酒煙。飛盡桃花餘戰壘，埋多白骨罷耕田。後來野老傷心甚，莫漫重吟弔古篇。

贈石門詞客程封

十載論交惟許我，我從今日始知君。已難忘世即居俗，誰復憐才到佚群。梁垛賦詩臨碧酒，邗江話舊立斜曛。莫隨下士憂貧辱，名姓同應異代聞。

平山春望

獨立高臺問寂寥，老僧指點説前朝。緑歸草色春如舊，咽斷江聲恨未消。荒塚幾攢啼野鳥，晚霞一帶落山橋。繁華屢犯兵戈後，更有何人吹玉簫。

緑萼梅

如君芳潔盡，始可説梅花。積水分疏影，涼雲共一家。醒常過夜半，老合住山涯。何處堪邀賞，閑僧對煮茶。

贈林古度

白髮先朝老，吟詩五十年。所交泉壤下，獨活酒樽前。名重難逃妒，身貧空負憐。亂餘存著作，或者後人傳。

讀南州王猷定詩

愛把君詩卷，樽前醉忽歌。月輪浮動起，風色寂寥過。名士定誰論，古人何太多。從今礪吾志，不復委蹉跎。

撥悶南郊憩僧澮石家

出郭遂無事，尋僧破屋中。十年牢薄俗，半日聽荒風。佛臥石相似，茶傾雪不同。幾時來托處，硬骨受貧窮。

世固嫉高才，於吾何有哉。未藏頭上角，幾作舌間灰。石榻掃清晝，僧房閉緑苔。那能睡死去，亘古莫回來。

修禊

此地宜臨水，相傳厭不祥。盡人知祓禊，何歲免流亡。士女行春服，樓船泛夕陽。西涯多白骨，勝事愧壺觴。

賦得月湧大江流

萬里空明入夜時，金盤碎作碧琉璃。歸遲烏鵲應難度，睡老魚龍尚未知。今古爲誰留影響，乾坤於此見心期。飂飂自有天風發，安得乘槎趂所之。

茗柯

天地散不去，生民日漸多。蹴踏起紅塵，而乃叢笑歌。志士在空谷，屋頂逢荒蘿。婦子治筍蕨，幽事良婆娑。青山不受鋤，生理足茗柯。返照上白髮，延留難頃俄。

老漁

白髮雪絲絲，風飄亂青天。青天不可極，日暮歸空船。大魚非餌求，細魚蒙棄捐。巨細理或一，輕薄難與駢。閑心對息波，古岸横高煙。

卷二　龔半千自書詩稿

送金載五北上

家世相承逐宦游，圖書捆載自中州。人間獨爾耽三樂，天上應先錫九疇。停酒聽歌移白日，銜毫索句對名流。逼人青紫知難免，爲入長安特製裘。

哭櫟下先生周亮工，卒於康熙十一年壬子。

向曉東方耿一星，中原名士久飄零。哭公獨我頭全白，在世人誰眼更青。徒把贈詩粘古壁，無因問酒到前庭。尋常見面猶稀少，從此空山户已扃。

二

吴郎謂遠度北去先生故，再到畿南相識稀。瞥眼忽驚朝市改，翻身欲化羽毛歸。渡頭淮水無情甚，天半鍾山舊影微。哭罷子期傷絶調，流塵遮莫上金徽。

三

宦海風波轉易行，何人林下得長生。二疏勇退又非計，三樂榮期別有情。忍與世辭惟畫債，不隨身没是詩聲。崔州尚若孤寒淚，何况迢迢上玉京。「尚若」「若」疑「落」或「苦」之誤筆。

四

吾兄謂芝麓宗伯喜士而今獨，夫子憐才蓋世來。總到尚書官不大，可堪方伯命先摧。風流徒步傷顔瞩，藜藿終身羡老萊。曾怪隱居深轍迹，經時庭户滿蒼苔。

按，周櫟園與端毅公爲摯交，周卒於康熙十一年壬子，年六十一；端毅卒於次年癸丑，年五十九。辛未冬，心釗注。

舊院故址

羅綺笙歌散曉霞，迴遭無復短牆遮。飛來野圃一雙蝶，咽斷清池半部蛙。只合醉餘尋寂寞，可堪夢醒説繁華。黄金銷盡遺雕礎，箇是當年阿大家。

哭孫秀才

秀才名肇功，字仍布，與沈德清友善，德清精於琴，仍布師之。兩君又能度曲、吹洞簫，凡花月之夜，必留連酒茗。仍布死，德清幾不欲生，哭之傷一目。予忝二君之交末，因爲詩以紀其事云。

爲樂生前不可支，到今勞我費相思。燒燈補月何曾夜，對酒見花能幾時。獨話瘦腰憐沈約，輟彈聽耳罵鍾期。南闈正值秋風發，郗詵遺誰桂一枝。

鄰人北上寄書大興邑宰

葉脱門前楊柳枝，貧家寒起事參差。空憐老歲弟兄遠，不恨長安書信遲。采菊東籬催釀秫，看山北郭强裁詩。煩君爲問陶元亮，束帶何如乞食時。

過訪胡山人不遇

隘巷甘辭長者車，到門不問便相呼。一庭苔蘚君家有，四壁藤蘿世上無。硯食淒涼爲産業，詩名狼藉滿江湖。杖藜何處尋杯酒，留語枝頭頭白烏。

故人姚宰較閲南闈徹棘後訪之不值於其行也馳詩以送之

老年兄弟貴相逢，何意君來事萬重。憑軾那能邀明睞，出山應悔破疏慵。日薰古瓦荒多蘚，風入空堂嘯一松。才子爲官猶爾爾，方知束帶不從容。

答生公用其來韻

野老山僧倍有情，相尋那不以詩名。白雲寺上坐冬暖，黄葉林中踏晚晴。若論高才當赴舉，想因變俗遂修行。嗟余努力崇明德，贈答無慚蘇子卿。

宋大夫觀察西川過山中話别書此送之

寂掩柴門已九年，欣逢車駕問林泉。人看出處有同異，自説心情詎不然。披褐由來邀禮數，持衡所重在詩篇。風煙萬里仍分手，此後音書望屢傳。

潭上作

雲白山青潭水空，片時斂却夕陽紅。翻身魚鳥三天上，倒影樓臺一鏡中。恨不地連邀笛步，那堪夜起落花風。宓妃髣髴重相見，莫怨陳王賦未工。

登掃公樓

掃公樓上鑿西窗，窗外分明見楚江。高抹風煙一千里，低飛鷗鷺兩三雙。清秋漁篴浮沙艇，白日山鐘撼石幢。吴主舊時城闕在，片帆從此出迎降。

人日家叔偕二弟暨中表群從過山中小飲言志

滿座親賓食有魚，梅花撲地照空廬。臥岡我且同諸葛，解組何曾見二疏。耐盡繁華惟寂寞，歷多奔競轉躊躇。無論作客還家日，觸手隨身五簏書。

送巨惟上人還崇川

楊柳蒹葭一望平，高空雁斷漸無聲。僧歸楚國海風起，舟溯邗濤野月生。年小未經離亂日，詩成偏寫寂寥情。游方惜與新知别，秖恐袈裟淚已盈。

歸船急棹向秋分，厭見金風撩葛裙。一夜落殘江北柳，半天截斷海東雲。遠尋支遁因求道，恰遇相如便贈文。未免有情交路熟，他鄉故國兩離群。

過獅子林晤月舫禪師不值留題

此地蕭條生事微，秋蟲唧唧鳥飛飛。門通野草客初至，路斷斜陽僧未歸。擬借空房懸木榻，還期他夜抱金徽。塵中苦被浮名累，老去無如相識稀。

登石頭城作

開盡桃花冷似秋，晚風吹我上城頭。齊梁夢醒啼鵑在，吴楚地連江水流。千古恩讐看短劍，一生勳業付虚舟。東南西北無安宅，誰道王孫不可留。

程職方之任桂林過訪山中

不信長安道上人，相逢冰雪是精神。何年首揭春官榜，此日猶稽高士身。舟泊石頭蘆荻晚，車驅山口菊花新。須知太守風流甚，到處招尋舊隱淪。

輓大宗伯兄合肥相公龔芝麓，諱鼎孳。

地北天南三十年，總無書札但情牽。予安草野終貧病，公仗朝廷與保全。黔首共悲虚相業，白衣皆喜誦詩篇。亢宗直欲追前史，渤海何如禮部賢。

《定山堂集》有《雪後諸同仁集寓齋送伯紫半千還白門》二律，爲順治四年丁亥以後稿。句云：「長攜故老青山淚，一灑空林白袷衣。雨雪漸傷年歲晚，風塵終喜姓名違。」紀與半千終爲明之遺老，然似皆重履春明也。壬申五月，龔心釗。端毅卒於康熙十二年。

黄牡丹

塗額更衣染御香，嬌羞妃子拜君王。團團露下擎春月，嫋嫋風前醉夕陽。椒壁掃空誰畫得，檀心有恨女扶將。雖然占却中央位，肯逐金釵十二行。

二

一從抬舉入皇扉，常帶三分酒力微。内地静垂琮玉珮，晴春新試縷金衣。鶯聲唤得姚家是，蛾粉妝成虢國非。遠訝病容和淚濕，傷情不逐豔陽歸。

青溪尋小姑祠

兒家山色映名都，小妹荒祠定有無。誰抱遺簪傷寂寞，我來故里拾歡娱。臨風鬼撥箜篌引，隔水鴉啼楊柳株。妬殺高唐曾築館，西南雲雨正模糊。

二

小姑居處那無鄰，再到清溪迹已陳。祠宇總銷淫祀火，英靈難滅有情人。當時乍合原同夢，此日相思却是真。私語我曹輕薄子，空多詞賦蔣侯嗔。

陳許二公見過

爲黜浮名不製文，暮年持鐵事耕耘。何緣白馬來空谷，遂有清談傍夕曛。月旦竟須邀許劭，世家今喜接陳群。乍無雞黍難留客，掃拂山廚多緒雲。

二

高堂炙炭薄嚴冬，銀燭條條綺席重。良夜無如憑酒盞，詞場每欲動歌鐘。五方才俊誰加選，千里神交快一逢。鄭樸自甘巖下老，轉因折簡破疏慵。

劉侍中席上贈陳陶莽用韻

不説陳琳記室才，西園今日爲誰開。宵長席口燒高燭，地暖缾中放早梅。窈窕四聲歌未闋，喧闐百戲鼓將來。主人也復能投轄，白徧東方尚舉盃。

又和陶莽韻

久閉柴門愧不才，剪蘿剔蘚爲君開。裂縑競索羲之草，插帽難忘何遜梅。净掃庭除迎日坐，遠勞車騎破霜來。無忘各各含詩思，玉手天寒捉茗盃。

萬國兵戎白日昏，兒童習射傍柴門。怯逢旱魃形如杵，喜聽鴟鴞聲轉轅。渴甚那思餐玉液，飢來直欲劚茆根。插旌奪幟紛無已，名士還應幾輩存。

賀張友病起

值君病起恰秋殘，柳葉蕭疏途潦乾。東望似人蒼嶺瘦，下窺如絮白雲寒。醫師屏作兩鄉客，藥竈留燒九轉丹。又把封侯遲數日，壯心猶在料無難。

獨坐

詩思纏綿酒力微，空堂坐久欲披衣。竹風掃地宅寥罷，蘿月窺門□□稀。問影可如僧入定，將身曾學鳥忘機。山居直就巢由買，懊恨當年不早歸。

離索

離索深知情性偏，闔闢真與世無緣。士非妾媵胡爲妬，人號英雄不謂賢。赤烏幾曾輕白屋，烏衣猶自重青氈。堆床作枕書千卷，讀到三更月照眠。

冬曉書事

故里新還風俗乖，天寒歌哭隔茆柴。衢非五父朝朝殯，園接諸陵處處埋。角力總須高若輩，量金直欲薄吾儕。耳聾目暗仍扃户，一卷南華坐小齋。

題　畫

迢遞長雲刺遠峰，一泓秋水照芙蓉。駕傳陶客還乘鹿，家自堯封盡豢龍。談演總高輪簡默，威儀最好是疏慵。欲尋昇舉丹書訣，知在樓臺第幾重。

平戈倪中翰之

雖産豪家無劣性，衣裘一捻稱腰身。語來妙有詩書氣，坐處全飛蘭麝塵。玉手拈棋忘却冷，朱唇嚥酒自生春。潘郎枉擲盈車果，若出街頭看殺人。

平戈當是中翰之歌者，後或諱之，故翦去二字。

游棲霞寺遇王忻公

興發到山非召約，相逢舊識姓王人。引看石罅泉源潔，教餘僧廚酒味醇。一片白雲輕落掌，數聲黄鳥密藏身。是誰捨宅真仙境，亦願離家浣俗塵。

賦得杏花春雨江南

漠漠輕陰二月天，六朝唯見草芊芊。鉛華洗盡荒城角，脂水鋪平古渡前。細撥鈿筝歌越調，狂吹玉笛到吴船。小樓倀望餘寒在，不待黄昏和醉眠。

和答張培

風流猶想盛年時，素手閒持白玉卮。豈料宦游千萬里，不知歸去幾多詩。書中短短論心語，夢裏茫茫見面期。遠約竹林從此後，長相思調各填詞。

飲劉氏玉樹堂作

曲徑潛通玉樹堂，今朝觸目盡琳瑯。初疑皎潔同身珮，細嗅氛氳是國香。落羽儘堪縫道帔，深杯秖可酌天漿。繁燈繫處如燒雪，尚想中宵明月光。

天　竹

異果東來事已奇，均圓顆顆不相離。誰將翡翠裁疏葉，我訝玫瑰繫弱枝。凍谷暖回松篠氣，寒天燒破雪霜姿。空王瞑目悲岑寂，遣映僧窗種小墀。

二

震旦借問何時到，根柢曾因凈土滋。欲唤鶯含鶯節晚，儘充鳳食恨叢卑。丹泥染箒立夷使，絳雪糊丸青女嬉。好供山窗與松鬣，膽缾花事仗扶持。

和答宋射陵

先朝名士片時空，獨立如君誰與同。姓字舊逢詩卷上，衣冠初拜酒筵中。看山眉古疑堆雪，適野身輕好禦風。静掩衡門新却聘，石階花雨晝濛濛。

又 答

雙蛾生小謝良媒，掩却菱花不教開。九錫難招唯傲骨，萬夫莫敵是真才。恬愉竈突終黄土，分付門關上紫苔。豈敢浮游如武仲，谷中那復詔書來。

二月十二日枕上聞簷滴聲花朝乃十五也

二月數來今十二，何人錯認是花朝。俗傳此節有風雨，秪恐秋成俱寂寥。邊徼烽煙初欲净，蒼黎魂魄未應招。但須蓄眼到三五，開看晴光萬里遥。

遺城南友人

一城居住費相思，各懶曾無見面期。書滿樓臺高閉户，塵生釜甑細研詩。何妨但説人情好，莫管同趨世態卑。兀傲劉伶能避害，早知麴櫱是吾師。

送李友白歸貴陽和孟新韻

久客生憎衣上塵，貧交祖餞大江濱。兔園曾寫京都麗，楊監難逢桑梓親。最是黄金先棄我，定知白髮不饒人。還家未要漁郎引，自覓桃花洞口春。

孟新，白姓，其弟仲調，均爲端毅公之友，工詩文。釗。

即事

生年已負嵇康懶，況復春來風雨多。不得出門還客拜，每當下榻有人過。拈棋豈識瓶罍罄。執卷從教歲月磨。滿酌深盃愁見影，壯心猶在髮皤皤。

懷友

春來風雨横無時，未敢期君恐負期。深徑踟躕黄蛺蝶，高空淩亂白辛夷。關心叩户經過少，入夢同衾臥起遲。欲把神農書儘却，不曾留藥療相思。

佳夢

睡甜春暖得佳夢，夢醒難追若斷絲。夙昔有情傷遠別，分明著意赴前期。鳥啼已是朝光遍，花放多爲夜雨滋。歲去年來青髩改，此心到底不曾知。

和友詣僧探梅索酒二首

少別相思得得來，蓬門正值掃晴開。把衣見索新詩句，停筆徐求濁酒杯。栗里陶潛寧乞食，東林惠遠舊憐才。他年傳與風流子，醉踏狂歌説法臺。

春日偶述

六年前已五旬過，來日難勝去日多。老態橫生非一病，醫方歷試遍諸科。花開引客支斑杖，酒熟看人舉翠螺。顔髩總凋心欲折，併將豪氣入詩歌。

不寐

紙窗竹屋夜沈沈，月黑燈殘山更深。枕上無營唯覓句，人間何物最關心。軒蚩戰罷靡寧歲，鮑管交疏有攫金。況我賤貧身易老，築愁應已八千尋。

漫作

薇蕨何曾療得飢，空山高餓有誰知。人情不貴昂藏骨，市價唯輕絶妙詞。幾樹殘花欺獨立，一江春水送相思。無聊亦是閒中病，想到深閨未嫁時。

怪雨狂風暮復朝，朝朝暮暮劇無聊。舉頭動問青天在，瞑目全疑白日遥。幾宿路邊嗔草猛，今年屋角見花燒。不逢鷺燕春歸去，起攬重裘泥酒瓢。

自春入夏既雨且寒因而有作

朝連暮色黑油油，一萬重雲在上頭。鳴瓦雨過庭似沼，排山風起屋如舟。金烏玉兔無消息，赤帝青皇罷獻酬。不是子陵居瀨水，也須持釣著羊裘。

閉門

閉門即是古桃源，盡日家人稀語言。夢裏何曾知晉魏，心頭尚不著皇軒。爲嫌租吏將田賣，幾薄儒生許硯存。冷酒入腸偏易醉，待誰來與問寒暄。

久陰口號

黯慘長空雲萬重，彼蒼何事斂愁容。羲和已脱手中轡，蟾兔爲閒牖下春。短草怒生寒砌没，落花半拆濕泥封。奔雷掣電爲吾有，叱咤先須斬蘖龍。蘖，孽。

枕肘

枕肘長年林草根，醉中身向醒時翻。縱知得失人皆有，一笑榮枯我不言。司馬名高逢狗監，李膺禍起號龍門。奇書欲付咸陽火，樂事無如老眼昏。

送春

往時愁是送春歸，今送□歸真不違。「送」字下有「春」字，紙破失去。三月未收元夕雨，重裘猶著去冬衣。誤憐溝水清能激，不分園林緑正肥。雲物滿空驚節換，憑須赤日振炎威。

吾廬

今知吾亦愛吾廬，老去驚身在隱居。洗盡浮名冠可擲，怪他野客禮全疏。桃花落後草侵户，燕子來時雨溜渠。十載浪游何所得，釣竿横壓滿床書。

涉園

竹梢樹頭皆向西，東風到晚力俱齊。一條古路有誰往，七尺孤笻任自攜。巢父別村猶放犢，陶家此際正驅雞。那能却得迎秋雨，衆水淙淙鬧夜溪。

上知己

愁霖赤旱不相和，仰視蒼蒼奈若何。未是相臣調燮少，定應黔首罪僁多。渚田隔歲猶翻浪，壠畝當門未冒禾。早識欲填溝壑用，一腔辜負好詩歌。

題畫

何曾仙境離人境，大抵山居即隱居。峽裏月明聞吠豹，江頭風起見飛魚。吹笙子晉時來往，漉酒陶潛共里閭。那有閒情算花甲，生身記得古皇初。

愚山施潤章講學一拂祠有詩遥和之

雲戴雄關笑白頭，荒祠灑掃集名流。師儒各展青氈業，弟子欣從絳帳游。豈有涓埃投學海，遂因炎暑避糟丘。傳來妙句香風襲，一院俄驚松桂秋。

題畫

翠嶺中天映紫霞，樓臺幾處隱仙家。千年未熟三秋實，一歲長開二月花。何用武陵人再到，始知蓬島路飛奢。「飛」即「非」字。憑高咤嘯陰晴變，霖雨蒼生未有涯。

贈陶石星先生

才高一世許誰憐，得失無憑只信天。曾笑淵明輕去就，老依弘景作神仙。書將充棟山藏屋，客不離門酒似泉。多少生徒盡名士，鄉關巾舄共翩翩。

晚尋詩僧萬堂歸而有作

已向盧家醉玉缸，尋僧石圃見旙幢。半天宿靄收殘雨，一縷明霞似遠江。負有高才嫌世窄，誦多佳句使心降。歸途迷失憑誰問，徧歷村墟惹吠尨。

題夏茂林小像

江南六代風流地，白下多年翰墨場。古物已無王逸少，名人獨剩顧長康。量寬嗜酒難逢醉，才大論詩莫禁狂。急辨青錢買山隱，坐聽深樹炙鸎簧。

送陳含發

長卿才調重游梁，況復依劉興激昂。酒散燕磯當好月，舟迎楚岸有微霜。豈能藜藿安家食，多謝琴書飽客裝。白首倚閭他日事，前途得意莫相忘。

贈承恩

吾師年少已知名，不道而今白髮生。畫學顧癡癡獨絶，琴彈嵇懶懶先成。游穿遠嶽從流浪，歸卧空樓罷送迎。古寺總然連市井，燒燈永夜有餘清。

卷三　詩文輯佚

詩

山家

山家自無事，樹底坐涼秋。晚飯已曾喫，夕陽猶未收。不馳非分想，那白此生頭。學術老來異，吾師捲舌柔。

擬歸來

故業亂餘在，逃亡十載還。江平黄葉樹，日落白門山。食菜貧能壽，蟠書老更閒。何曾甚聾瞽，家計不相關。

田居初冬夜出看月

月上又開門，閒行過別村。地貧無犬吠，屋破露人言。積草望多處，伐楊留一根。新寒猶未怯，場面坐霜痕。

邗江客舍與杜曉夜坐吟詩

疇昔與韓畾，論詩春夜長。對君今爾爾，回首獨茫茫。酒即此村店，燈非舊草堂。不知凡幾處，吟得鬢毛蒼。

寄范璽卿社長

十五年前曾拜翁，髮如好友朱顏童。秦淮大社壇坫上，百二十人詩獨雄。薛岡井坐黃居中，鄭魏張林位次同。千里、考叔、隆父、茂之。詞客錙銖不足數，衣冠劍佩聯星虹。山僧谷語與介立，眉生雙玉衫袖紅。是時顧二猶小友，倚柱苦吟愁未工。翁携鸜鵒毛五色，玉爲飲斗金織籠。口誦心經終一卷，懸之飛閣臨青空。齊侯張宴内家地，元衛宗室。檻外雪消春冰融。高柳碧絲波欲折，桃花片片飛隣東。須臾日夕動簫鼓，俳優傀儡登幾叢。金陵一時稱勝事，鍾山紫氣增蘢嵸。冷曹閒署負才氣，不得入者心忡忡。倏忽到今桑變海，幾人猶得棲蒿蓬。最長輪翁年八十，目留光景耳餘聰。宦情客況如舊夢，坐憶幽淚來悲衷。白狼陟巔眺無際，策杖顧影多仙風。至人鍊神不鍊骨，丹鼎豁達非金銅。方蓬瀛洲對咫尺，浮丘軒轅呼可通。吐言成書即鴻寶，尹喜貯之應滿筒。人間兒孫再令譽，皆以文藝爲雕蟲。波靡電轉從一世，翁方岳岳如高嵩。

再哭羅大夫

佳兒猶小大兒癡，妻妾茫茫無所知。總在客途思漢上，誰扶旅櫬到江湄。圖書捆載官爲累，家舍焚燒賊不遺。欲起先生告情事，惟應一慟返空帷。

——以上六題，輯自黄傳祖《扶輪廣集》，順治間刊本

贈曹僧白

半生俱作客，客裏掩雙扉。失國不曾死，有家何必歸。胸襟觀海大，童僕食魚肥。反笑崇真朴，聲名老漸微。

——輯自黄傳祖、陸朝瑛《扶輪新集》，清康熙間刊本

送汪楫游廬山

匡俗愛危坐，兹山曾結廬。廬山以此名，千載其故墟。諸峰洗春晴，白雲常有

餘。遥見瀑泉下，玉龍垂紫虛。乾坤接混茫，江湖在庭除。風帆卷敗籜，左右皆焉如。始知靈異境，乃爲神仙居。君年未四十，名場爛吹嘘。忽然發高興，鞭船隨老漁。西游跨石梁，豆花香衣裾。恨我不及從，散髮卧林間。歸來倘相示，新詩抵璠璵。

病起示籜壁先生

人生海上波，起立能幾時。波滅還復起，而我安得知。古人惜寸陰，此念兢兢爲。安期度千歲，何異褓中兒。子淵實早夭，于今弘聲施。勖哉羅先生，平居慎所思。著屐踐苔草，空堂雲四垂。宵深炙明月，高坐調冰絲。一息足優游，大運從終馳。

乞竹詩

吕望不釣魚，樊噲曾屠狗。英雄處田間，時命多不偶。所以柴桑翁，但飲柴桑酒。吾儕真小人，畏熱如焚首。新買山下宅，荒園纔半畝。不敢種青松，松前人易朽。願移竹數竿，急掩貧家醜。今夜風雨聲，忽然生户牖。誰能割清陰，郵書問鄰叟。

贈齊高士

守此一叢蘭，户外無所營。朝見白花吐，暮見碧草生。如此三千年，無人與汝爭。

半畝園詩

嘘嗟少年日，識事苦不深。自知非通才，奚足承華簪。一丘養吾志，天空鳴素琴。攝生調茗藥，户外多幽尋。希壽七十年，而正黔婁衾。私謂此薄分，蒼公必鑒臨。孰知彼蒼者，大笑如不任。笑我疲馬足，敢具冥鴻心。英雄求神仙，尚謂思荒淫。責我太狂瞀，罸我走崎嶔。覓食不毛地，冰霜懷衣襟。皮寬正裹骨，鬢焦喉亦暗。壯歲始有家，兒童已森森。避賊還避兵，奔騰如驚禽。因而賦歸來，莫辨家山岑。瓦屋四五間，購之將百金。餘地纔半畝，新竹乍成陰。晨興復偃仰，頗畏人事侵。饑死不再出，回首皆湯燖。今年旱已甚，旋復施甘霖。穀價不及騰，豈憂虚釜鬵。荷鋤答成功，戮力補高吟。寄謝交游人，與子別升沉。知己越天末，歲時遺好音。

與費密登清涼臺

與爾俱杯酒，閒登山上臺。臺高出城闕，一望大江開。日入牛羊下，天空鴻雁來。陳宫在何處，古井閉蒼苔。

贈孫八枝蔚

作客魚鹽市，長貧獨奈何。齊王非不問，甯戚本無歌。自信紅顔在，誰知白髮多。妻孥幸相守，千古重蹉跎。

經故里

歸來非遠客，下馬淚雙垂。故里宛如昨，居人知是誰。難逢耆舊語，喜見兒童嬉。喬木何年伐，傷心明月時。

揚州懷古

隋皇昔巡幸，龍舟何巍巍。三千殿脚女，歌聲清且微。看花蕃釐觀，白日生光輝。至今雷塘上，游魂不得歸。

安豐吴高士

魯連蹈東海，千載慕其人。此日吴高士，風流是後身。窮荒難久處，浩蕩實相鄰。晚坐衡門下，欣無戰伐塵。

自永安歸過召伯湖遇雨

秋暑易爲雨，因過召伯湖。中途避風浪，短棹入菰蒲。喜見游魚躍，愁聞水鳥呼。殷勤問三老，今夜到家無。

登石頭城

誰鑿石頭城，城空人斷行。邊秋多白草，晉室是東京。老馬當關卧，荒雞上隴鳴。長江流不盡，落日最傷情。

哭梁四以樟

淮水坐垂釣，波清雙鬢華。終身羞向北，端的爲無家。死去埋芳草，生前愁落花。他年來弔客，須是賈長沙。

與楊郡丞悼其弟岳

君家好兄弟，獨念季方才。南國高車駐，中原名士來。學書變鍾衛，作賦擬鄒枚。知是星精降，還隨鶴使迴。

除夕石城門送客

歲晚一尊酒，空天舞雪花。送君銜淚別，去住各無家。城下寒流斷，津頭孤棹斜。自然生白髮，不必奏清笳。

寄流人

上林餘茂草，蘇武近如何。空有隨陽雁，曾無繫足書。朔雲迷悵望，邊月對躊躇。應作遼東鶴，歸來弔故墟。

友人罷官歸里別後憶之

蜀國去吴天，風濤路八千。乍離方昨日，相見是何年。淚逐猿聲落，書教魚腹傳。相如還故里，邛令最周旋。

懷山陽丘子胡子閣子

悔作浪游人，還家多苦辛。所交惟數子，一别便終身。叔夜懶成癖，原生病是貧。風煙接淮甸，相望即相親。

宿山家

托宿山家秋月明，主人携酒榻前傾。月斜酒盡主人去，一夜惟聞溪水聲。

攝山即事

午凉散坐碧山頭，赤日當空殿角幽。沽酒人歸滿身濕，下方雷雨正綢繆。

——以上二十題，輯自魏憲《詩持二集》，清康熙間刊本

一公得法東游

師去忽經年，書來兩月前。折梅辭蔣廟，帶雪下吴船。道大終難隱，蓬飄未易旋。相思但相念，切莫寄詩篇。

登岱

勒馬尋東岱，嵯峨勢獨尊。半空懸日觀，一竇仰天門。氣接荆吴白，雲歸齊魯昏。久虛封禪事，碑碣幸長存。

扁舟

扁舟當曉發，沙岸杳然空。人語蠻煙外，雞鳴海色中。短衣曾去國，白首尚飄蓬。不讀荆軻傳，羞爲一劍雄。

飲徐氏園

春來無此日，午過尚如朝。水氣亭三面，城陰柳半腰。清歌連白舫，長笛隔紅橋。最是歡娱地，年華覺易消。

揚州曲

江上誰傳戰鼓來，流亡士女鬨如雷。月明今晚天街静，十二城門到曉開。
避賊還須先避兵，六街雞犬夜無聲。粧樓半掩美人盡，茉莉花開香滿城。

——以上九題，輯自鄧漢儀《詩觀初集》，清康熙間刻本

江上夜歸

身老悲爲客，迢迢返舊京。扁舟無處宿，中夜趁潮行。月落草堂寺，烏啼石首城。酒醒殘夢斷，回顧不勝情。

久不得韓畕消息

平生好游歷，此別日偏多。嶽寺聽猿住，江鄉傍虎過。衰羸吾自念，疾病爾如何。短榻依然在，空房鎖薜蘿。

胡介再過邗上

相逢知不易，一拜淚潸然。此地又春草，吾生俱暮年。囊空出詩卷，厨冷動炊煙。耆舊今誰在，尊前各自憐。

訪王賜於清涼寺

憐君傷寂寞，隨雨過青山。古寺有誰到，幽扉正未關。煙平漲林樾，風止辨潺湲。虛閣聞鐘罷，高僧相對閒。

冬日棲霞寺中作

山中常晏起，偶被老僧催。下去送溪叟，獨歸尋釣臺。鳥飛林雪散，鹿飲澗冰開。深省聞鍾罷，高天盡劫灰。

鶯聲

我愛鶯聲好，能諧隱者情。水邊啼忽斷，飛上越王城。

——以上六題，輯自王士禛等《漁洋感舊集》，清乾隆間刊本

金山

雲山鬱鬱水茫茫，吞海亭高望古荒。兩岸旌旗增堡堞，六朝洲渚幾滄桑。赤烏此地通吴會，白雉何時貢越裳。願得萬年鯨浪息，寒江無雨過重陽。

——輯自蔣鑨《清詩初集》，清康熙間刊本

登眺傷心處

登眺傷心處，臺城與石城。雄關迷虎踞，破寺入雞鳴。一夕金笳引，無邊秋草

生。橐駝爾何物，驅入漢家營。

晚出燕子磯東下

江天忽無際，一舸在中流。遠岫已將没，夕陽猶未收。自憐爲客慣，轉覺到家愁。别酒初醒處，蒼煙下白鷗。

——以上兩題，輯自曾燦《過日集》，康熙間刊本

赴招

山家煮酒對斜曛，野客相期隔嶺雲。僻路人蹤猶未見，遥村犬吠已先聞。杏知全放逢多處，桃亦争開有二分。護懶苦辭辭不得，就君今喜坐論文。

有贈

羞戴林宗折角巾，氣豪鬚鬢總如銀。千秋争認憐才者，一世慚無識汝人。爲薄浮名詩削稿，略依古禮酒加巡。草深池滿花封樹，自笑山家頗不貧。

甲午元旦

日上不知處，乾坤薄霧中。群情歸寂寞，舉世轉鴻濛。柏子焚供佛，梅花折送

窮。無田怕租稅，翻喜卜年豐。

揚州

二月古揚州，煙花爛熳愁。客船集城下，酒肆滿堤頭。草長青燐滅，潮生白骨浮。繁華不可恃，隋苑已荒丘。

園中

不出柴門獨倚筇，禽魚皆識主人翁。懶多轉爲有家後，衰至寧論無事中。新稅竹畦增故業，薄收笋利救真窮。連宵雨足深池沙沙，花落薔薇一片紅。

題宫紫弦春雨草堂

澹煙疏雨過高城，城裏風光城外明。白鳥一雙飛不見，細魚多少食還争。欲安草閣藏迂老，先有柴荆待友生。野地給糧家釀酒，儘教書卷接牀平。

——以上六題，輯自卓爾堪《明末四百家遺民詩》，康熙間刻本

題五老峰圖詩

匡君棲隱處，五峰犍復然。不辨誰高齒，相看似拍肩。華顛雲共覆，空語谷能

……傳。開闢憑誰説，吾將問帝先。

——輯自毛德琦《廬山志》，清康熙間刊本

金長真太守興復平山堂落成讌集紀事二十韻

蕪城城側路，窈窕接陂塘。泳鯉占晴躍，棲鴛際晚翔。挂墳無寶劍，耕隴拾明璫。莫辨邗溝岸，徒同隋苑墻。過時追往昔，極盛感凄凉。幸有游盤樂，能寬老大傷。撲空桃蕊艷，補隙菜花香。士女三春會，笙歌十里長。喧闐排畫舸，横亘阻高岡。不廢談經寺，重開釃酒堂。主人賢太守，賓從舊詞場。杜許留題詠，歐蘇實播揚。氍毹臨眺聽，旌旆飲風光。北固收新雨，後徐正夕陽。心清由政簡，俗阜驗民康。興復誠如是，蠲除所必當。寇君思欲借，迢伯遽能忘。來日見孫竹，他年愛樹棠。豈惟存制度，從此富文章。餘力須匡國，彤庭□簡霜。

——輯自江應庚《平山攬勝志》，清乾隆間刊本

憶剩上人二首

整理者按，其一首句爲「異域老僧存」，已見前，不録。

草露夕微微，空城受落暉。歲華凋白髮，寒色卷緇衣。縱有天朝赦，知從何處

歸。吞氊僧不可，洗盞對長饑。

題自作山水册

黄雲澹澹水悠悠，天末風帆送去舟。借問阿誰向何處，爲尋安道是王猷。

樹孱亭古，天低水平。凫鷖版籍，風有途程。

湖上誰家竪一樓，烟波萬頃在樓頭。有時棋客琴師去，與我周旋幾點鷗。

空山有人，執茅結屋。閑着半牀，白雲同宿。

爲陳其年題紫雲出浴圖卷

詩家韻脚憎肥俗，警瘦偏宜押九青。既見芳容聞小字，是兒端可想精靈。

不是異才難好色，定知殊色解憐才。花前月底勾魂去，楮末毫端圖影來。

——以上三題，輯自陳維崧《篋衍集》，清乾隆間刊本

贈　友

江南六代風流地，白下多年翰墨場。古物已無王逸少，名人獨剩顧長康。量寬嗜酒難逢醉，才大論詩莫禁狂。急辦青錢買山隱，坐聽深樹候鶯簧。

將至白門江上晚泊

就泊心無事，平看麥隴青。遠天屯宿霧，寒水滴疏星。土俗那須問，鄉音喜漸聽。新詩吾索汝，半夜酒初醒。

聞憔逸游攝山憶之

古殿松杉合，空臺翠影中。到來無白日，坐久怯涼風。既與幽深會，寧悲身世窮。攝身同采藥，倘遇葛仙翁。

——以上三題，輯自朱緒曾等《金陵詩徵》，清光緒間刻本

題胡士昆蘭花卷

子昂寫蘭稱鼻祖，後來徵仲繩其武。龍友橫波近代人，亦能筆墨同飛舞。復有胡君此藝精，高崖邃谷通其靈。平時寫花并寫葉，衣袂手腕生幽馨。今朝天風撼庭樹，落葉紛紛已無數。飯罷閒披此卷看，一天秋雨來扃户。

樹菴雜詩

吟詩不覺出門去，詩罷還驚望眼空。蔬圃幾条秋雨外，人家一半夕陽中。屢遭

屈抑方知福，始信淒涼未足窮。舉世共多傷感事，老夫猶自享鴻濛。

題自作山水

石在心溪□小樓，樓頭高臥爽新秋。白龍挂壁侵斜月，聽久安知瀑水流。

題自作山水

農牧漁樵何處家，黄茆屋子寄山涯。等閒相返如泥醉，酒滿缾盆不用賒。

題自作水墨山水堂軸按，末署「戊申天中節，畫於清涼山舍，龔賢」。

雙舄飛凫者，安期號地仙。秦皇師事日，閱世已千年。種棗如瓜大，遨游東海邊。作家曾霧窟，櫛比屋相連。老樹寒逾勁，新篁百尺妍。洞深藏石乳，飲酌勝金泉。方踐浮邱約，攀尋待偓佺。所談惟大道，丹藥豈通玄。揮手圖無極，書探老氏編。懶朝玉京去，鹿駕最輕便。

題自作水墨山水堂軸按，末署「爲叔度先生題，龔賢」。

溪上踏新晴，溪邊嫩緑生。四山初過雨，無處不泉聲。

——以上六題，輯自陸心源《穰梨館過眼録》，清光緒間刻本

和友人贈王石谷詩

余家草堂之南餘地半畝，稍有花竹，因以名之，不足稱園也。清涼，山名。山上有臺，亦名清涼臺。登臺而觀大江横於前，鍾阜枕於後，左有莫愁勺水如鏡，右有獅嶺提取土若眉。余家即在此臺下，轉向東北，引客指視，則柴門吠犬，髣髴見之。野賢紀。

山衣污墨咲淋浪，拖水拖煙萬里長。我每放歌勞汝和，玉簫握得月前涼。
硯池小海墨浪浪，箋裂蠶繇兔穎長。我欲煩君圖半畝，把衣先要上清涼。

——輯自徐永宣《清暉贈言》，清宣統間鉛印本

題自作峭壁孤亭圖

空亭特爲酒人設，送盡斜陽明月來。來去酒人凡幾輩，此亭尚復倚崔嵬。

——輯自葛金烺《愛日吟廬書畫録》，清宣統間刊本

題自畫山水册

樵擔擔頭捐夕曛，清歌漸近隔山聞。陰風乍起路塵揭，兩寺鐘聲交白雲。

一潭秋水蟄龍藏，達曉長留夜月光。屋底賦詩堪送老，休公何處謁侯王。

水鄉逢澇易山居，盡在山頭結草廬。婦子不樵薪便得，還來故處取溪魚。

天荒地老一漁龕，酒醒中宵月轉南。有耳不聞金鼓震，蘆花蓬鬢兩毿毿。

千巖萬壑富於雲，雲去雲來悄不聞。固結草樓穿樹杪，焚香高坐看斜曛。

亦非商賈亦非漁，高挂蒲帆任所如。爲看夕陽沿翠壁，歸來載取一蟾蜍。

松杉影裏齊蕭寺，千載山門粉尚紅。臺殿過岡猶五里，鳴禽到耳盡呼風。

——輯自龐元濟《虚齋名畫續録》，清宣統間刻本

冬日棲霞寺中作

山中常晏起，偶被老僧催。下去送溪叟，獨歸尋釣臺。鳥飛林雪散，鹿飲澗冰開。深省聞鐘罷，高天盡劫灰。

自題山水

千山萬壑一人家，白石爲糧釀紫霞。尚爾逃堯猶未出，避秦若箇向雲涯。

——以上兩題，輯自李濬之《清畫家詩史》，民國間刻本

題詩書畫三絶册

破舫修成新覆篷，農夫改號□漁翁。月明猶醉湖心裏，風雨還歸葭菼中。

米氏雲山蒼翠滴，板橋之設爲村沽。看來疑是元暉筆，莫認僧繇没骨圖。

一重峻嶺一重雲，嶺積雲稠總不分。金碧光中生粉白，天公畫學李將軍。按，第三句後原有「最宜小立盡斜曛」，疑衍。

霜染楓林十月初，天公磨赭復調朱。橋頭没個人來看，留取時光在畫圖。

矗天對峙兩崖青，路在山頭水在聽。爲有詩人來往熟，上邊因此置旗亭。

叔度胸中千頃陂，版圖拋棄到今時。諒無鐵馬金戈事，只有漁郎鷗鳥知。

閑此亭，可奈何。奈何轟酒地，不見一人過。水鳥啼，山鳥歌，如花楓葉著高柯。

羲車鞭去疾，收管付嫦娥。

——輯自《湖社月刊》，一九二七年第一至十期

題自作山水

世外青山山外樓，樓頭一望正深秋。寬平几上無多設，空有香樽與茗甌。

——輯自《禮髡龕收藏山水畫册》，民國間珂羅版影印本

爲伴翁老先生寫山水并題

笙鶴追隨書滿車，樓臺疑是鄴侯家。英雄事業神仙術，玉手調羹酌紫霞。

——輯自《文物》雜志，一九七八年第二期

遺城南友人

何妨但説人情好，莫管同趨世態卑。兀傲劉伶能避害，早知麯蘖是吾師。

——輯自白堅《龔賢及其有關南京的詩篇》，《蘇州大學學報（哲學社會科學版）》一九八五年第一期

自題册頁

長夏山中無事，晨起移小几坐竹中，隨畫隨題，日得一幅，以爲清課。非應他人見命，故濃淡多寡，得以自由也。半畝居人龔賢識。

旅堂先生性愛水，一日城中不可居。拟在湖心結樓住，板橋惟許過樵漁。旅堂，武林胡介，吾友也。

空亭特爲酒人設，送盡斜陽明月來。來去酒人凡幾輩，此亭尚復倚崔嵬。

可喜山中無客來，柴門隨我自關開。涼風颯颯催疏雨，黄葉紛紛下緑苔。

古松著雨亦生香，翠影迷離五月涼。石路穿來渾在夢，上方樓閣奏笙簧。

看來天地本悠悠，山自青青水自流。一片布帆風力飽，誰能別識利名舟。

年來不讀名山記，歷盡無窮小洞天。仙女如花難覿得，石房終古閉簾泉。

相逢頑石也當拜，頑石無心勝巧人。作客十年魂膽落，歸來約與石爲鄰。

住山猶淺自嗟呀，有客敲門索看花。妒殺此中結茆者，千岩萬壑一人家。

經旬霪雨海潮至，楊柳猶能識遠村。屋底農人棄家走，跳魚潑刺閉柴門。

墮地無聲月滿林，深山入夜更山深。誰言古寺僧房少，隱隱如聞鐘磬音。
人間酷暑同焦釜，戴釜難遮頭目昏。援筆無聊閒寫詩，山家早起雪填門。
懶與群仙朝玉京，山頭結構似蓬瀛。白雲動蕩如東海，一夜波濤亂月明。

——輯自《龔賢册頁》，江蘇古籍出版社一九八五年版

自題山水册

一江水滿疑殘月，十里沙横似斷霞。柳拂高樓藏豔女，何須定是石崇家。
杈枒老樹護山門，門外都無碑碣存。正殿瓦崩鐘入土，空餘鸛鶴招黄昏。
濯濯高原江水濱，不知古廟祀何神。尊神在世何功德，想是前時詩酒人。
洞裏仙家啟曙門，朱霞吐日又還吞。我來橋上因晞髮，瞥見摧頹逝水奔。
雨添新漲到柴門，有客來尋載酒尊。童子釣魚仍捕蟹，庖廚煙動正黄昏。
月輝落石薄於霜，酒醒中宵冷透牀。呼起對山王子晉，吹笙共我遶長廊。
兩峰中劈與天開，斧迹猶存長緑苔。借問巖頭老松樹，當時曾見古皇來。
人家俱闢向陽門，左右圖書對酒尊。何必逃秦入深洞，桃花開處即仙源。

昭明太子讀書臺，卷軸猶存待我來。四面山光波萬頃，召風八牖一時開。
鐘敲古寺寺門扃，谷鳥争棲尚未寧。正是大江天際白，挈尊人上夕陽亭。
誰家二頃洛陽田，秔稻垂垂古路邊。季子飄零向何處，主人日直尚高眠。
滿山新緑蕙蘭香，山夾吾樓似短廊。讀罷道書無箇事，擎甆盡日看湖光。
滿山棘刺雜芳蘭，蘭自馨香隱棘攢。棘刺作薪樵競採，芳蘭棄置耐新寒。
中年選勝闢高齋，對面峰峰要密排。我自忘機共鷗鳥，何須長世是無懷。
隱隱人家曲曲谿，谿魚溪鳥泳還啼。出來覓句乘微醉，故向溪邊曳杖藜。
定有人家在深處，來支草閣息游蹤。中宵坐對一壺酒，月照寒潭飲白龍。

——輯自王道雲《龔賢研究集》，江蘇美術出版社一九八八年版

題自畫山水軸

按，詩後題「甲子上元，半畝龔賢畫并題」。

静壁春泉一道飛，白龍藏影見斜暉。誰家草閣□無際，半醉支窗向翠微。

——同前

題自畫山水軸按，詩後題「半畝龔賢畫并題，時丁卯夏」。

木葉丹黄何處邊，樓頭高臥即神仙。玉京咫尺纔相問，天末風生沸管弦。

——同前

題自畫山水軸按，詩後題「乙丑霜寒日，半畝龔賢畫并題」。

浮萍欲上山橋路，細竹深藏野水村。赴飲漁家新漉酒，不知何處是柴門。

——同前

題自畫山水軸按，詩後題「辛酉長至，半畝龔賢畫并題」。

春風初暖草新青，對岸群山儼翠屏。登頓正須聊歇足，有人高處結茅亭。

——同前

題自畫山水軸按，詩後題「蓬蒿人自題」。

盪胸湖水際秋天，天外風生夕照邊。説與漁郎結茆住，不須重棹武陵船。
紅鰕紫蟹易盈筐，入市還能買酒漿。楚□不知周孔聖，一聲朝曲愛滄浪。

——同前

題攝山棲霞寺圖

徵君遺故宅，千載閟奥區。谷静松濤滿，江空山影孤。白雲迷紺殿，清旭射金爐。爲問采芝叟，神仙事有無。

——同前

題老子騎牛圖

無端撞著關尹喜，紫氣東來半天起。至今道德五千言，須識阿翁非得已。

——同前

自書七言絶句

掃公樓在石城頭，城外江從窗外流。明日渡江回首處，不知曾見掃公樓。

經旬逆浪自天來，估客多愁捉酒杯。今日布帆風力飽，前檣萬舸一時開。

清涼山在屋邊頭，送客經過得暫游。臺面坐看紅日落，大江千里正安流。

月透疏林門上關，寥寥一犬吠空山。山人自笑本多事，夢裏還同日裏閒。

積水滿湖添雨緑，秋山隔岸映天青。自家慣坐釣魚處，新截杉松構一亭。

萬山中起讀書樓，日日樓前雲霧稠。每到月明林影動，不知幾處瀑泉流。

灘頭結屋水爲鄰，除却鳬鷺孰與親。醉醒忽驚開竹户，波光月影共粼粼。

果食仙衣集鳥翎，懸巢壁上貯丹經。夕陽收盡天無脚，一片危峰萬仞青。

誰家結屋在山坳，每到秋深補白茅。睡起推窗醒宿酒，二更殘月上林梢。

身到天台似故鄉，貪看瀑水濺衣裳。三更明月生松際，手扶秋煙度石梁。

洗硯清池破緑苔，閒窗弄筆亦悠哉。山中惡客應難倒，畫裏柴門亦不開。

人間三月送春歸，花落惟看燕子飛。獨我山中閒草木，四時皆得報芳菲。

白盡千山孤月明，蕭齋人坐不勝情。援琴自鼓風雷引，四壁如聞瀑水聲。

短髮蕭蕭過冶城，樹離離處月偏明。六龍何日朝天去，道院空聞吹玉笙。

匡君廬舍有遺蹤，我欲相尋寄懶慵。風急難過彭蠡水，雲深不見漢陽峰。

荒村過雨濕雲飛，雲撲茅簷水泛磯。不是漁郎争下釣，家家晚食鱖魚肥。

欲訪遥村岡復岡，秋深草木半蒼黄。此種亦有閒人輩，特築空樓看夕陽。

食少但須耕白石，家貧不礙住空村。交游謝盡無棋友，喜有鄰翁來打門。

荒江白月飄天去，颯颯寒風吹古樹。半夜漁郎荷棹過，猶記當年挂船處。
蕩子中年復有家，柴門流水向山涯。娶來小婦疑仙女，爲我移栽天上花。
山居亦有山居苦，只見群峰不見天。聞説江湖富明月，從今急買釣魚船。

——同前

題自作廿四幅巨册二首

蕭梁古寺亂山中，層見山門粉尚紅。愁是尋僧梯磴滑，也須策杖學衰翁。
漁釣非無業，鳧鷖亦有鄉。目窮鶩地盡，波净驗天長。八口同浮宅，三餐不裹糧。菱蓮論斗石，蟹蛤換羹湯。入市酒盈缶，經村錢滿囊。秋成靡賦税，世遠混羲皇。何處生戎馬，安知古戰場。雨收鼉鼓暗，月吐蚌珠黄。白露通宵濕，輕風一味涼。爨煙分浩渺，朝曲動滄浪。早晚逢牛女，君平卜未遑。

——同前

丙寅春晤錦樹先生於廣陵精舍

阿翁與我最周旋，孔李通家豈偶然。英氣總由神駿骨，才名照世本翩翩。

君家吴越我南唐，紹述流風不礙狂。作客蕪城重有賦，二分明月共徜徉。

——輯自樊文龍主編《中國書法全集（彩圖版）》第四卷，光明日報出版社二〇〇二年版

題自作冬景山水圖

農牧漁樵何處家，黄茆屋子寄山涯。等閒相返各泥醉，酒滿缾盃不用賒。

——輯自原作，現藏於美國紐約大都會藝術博物館

詞

西江月

新結臨溪水棧，舊支架壁山樓。何須門外去尋秋，幾日霜林染就。影亂夕陽楚舞，聲翻夜月吴謳。山中布褐傲王侯，自舉一觴稱壽。

鷓鴣天

江水西來地勢斜，高臺如臥枕晴沙。風前不見飄簾處，山上誰知賣酒家。

空躑躅，莫咨嗟，秋深滿眼是黄花。寒煙摇曳迷宫樹，猶帶南朝幾點鴉。

蝶戀花 初夏贈友

辜負看花開醉眼，久雨初晴，新緑枝枝遍。堤上垂楊摇綺綫，黄鸝飛過分明見。

自展方牀桃竹簟。愁是多閒，晝永人先倦。流水小橋看素練，年年弔古隋家苑。

漁家傲 春歸

昨日落花今日掃，落花掃遍人先老。又是春來添懊惱。如何好，前村沽酒青錢少。

披衣日上寒窗早。夢中怕向邯鄲道，又見青青窗外草。兒童道，謝家原上鶯聲悄。

——以上四題，輯自葉恭綽《全清詞鈔》，中華書局一九八二年版

漁歌子

自挽扁舟不到家，月明隨處有蘆花。羹膾鯽，飯蒸蝦，風引炊煙一道斜。

由來無姓也無名，身托煙波過一生。風露重，草衣輕，眼熟船頭喚不應。

稻是魚蝦水是田，催租無吏到門前。閒便釣，醉仍眠，那有凶豐不問年。

手持竿子坐寒苔，霜落高天髩髮摧。一心足，兩眉開，勝向朱門投刺來。

紅蝦紫蟹作羹湯，菰米蓬鬚縮酒漿。能醉飽，傲侯王，扣舷一曲在滄浪。

市門湫隘足煙塵，爽愷何如坐釣津。風細細，水粼粼，照徹漁家月一輪。

身是漁郎不釣魚，滿船酒具滿船書。閒去去，且徐徐，只當移家野外居。

世間埜水没人争，豈有金戈鐵馬聲。青鸛立，白鷗明，我與幽禽不受驚。

——輯自《藝苑掇英》，一九七八年第三期

文

題自作擬董北苑圖

宋画僧巨然鍾陵人，山水家稱董巨爲鼻祖，今獨和尚亦産此土，其筆墨不讓僧巨，千秋上下，映璧貫珠，吾鄉亦厚幸哉。然賢亦從事此道實久，而不得門户。師爲巨公再来無疑，而余敢謂北苑後身耶。頃爲公作此幀，因紀之，以博大笑。同學弟

——輯自孔廣陶《嶽雪樓書畫録》，清光緒間刊本

龔賢。

題王輿菴摹元人逸秀邱壑卷

董華亭畫，冰肌玉骨，直今學中有不能下手。輿菴無意師董，而尤能到之。返視諸學董中，有千里萬里矣。畫必先具資禀，加以摹臨，需之歲月，古人可到，豈直董哉。輿菴資禀既高，摹臨既久，當於古人中增設一座。謂僅僅似董，恐輿菴不受也。不信余言，請觀此卷。龔賢敬跋。

——輯自陸心源《穰梨館過眼録》，清光緒間刊本

題明沈石田無款山水卷

石田卷子，假無一真，故人以沈卷相示，必先感額以待，及展一二寸，見筆墨粗惡，不欲觀矣。其人曰此先人官何官，某大紳乞情，以此卷值千金爲壽，藏之家者幾何年，經名公鉅卿暨賞鑑家贊歎不置於口，而先生遂欲以一斑概全豹耶。余曰公言是也，夫墨迹之真僞，猶貂之與狗也。買千金之裘者，撚一毛而知其爲何獸，豈俟竟

體哉。以余生平所見沈畫，不啻歲月之積，許其好者百一二，而不敢保其真。惟於廣陵得沈册一帙，計二十幀，好矣，真矣，惜貧不能守。其餘許其好不必真，然既好則不必不真。如此卷，予初展一二寸，便計其好，進而之小半，愈覺其好，至竟，對主人曰：以爲沈耶，何其疏落似孟端也？以爲非沈耶，人但知沈而不知有孟端也。孟端，王姓名紱，沈以前人，沈實師之。人疑此卷謂非沈者，吾告之爲王孟端，而斷斷不至金閶千萬之僞沈也。因紀之。半畝龔賢。

——輯自陶樑《紅豆樹館書畫記》，清光緒間刊本

題周亮工集名家山水册

今日畫家，以江南爲盛。江南十四郡，以首郡爲盛。郡中著名者且數十輩，但能吮筆者，奚啻千人。然名流復有二派，有三品。曰能品，曰神品，曰逸品。能品爲上，餘無論焉。神品者，能品中之莫可測識者也。神品在能品之上，而逸品又在神品之上，逸品殆不可言語形容矣。是以能品、神品爲一派，曰正派；逸品爲別派。能品稱畫師，神品爲畫祖，逸品散聖無位可居，反不得不謂之畫士。今賞鑑家見高

超筆墨，則曰有士氣。而凡夫俗子於稱揚之詞寓譏諷之意，亦曰此士大夫畫耳。明乎畫非士大夫事，而士大夫非畫家者流。不知閻立本乃李唐宰相，王維亦尚書右丞，何嘗非士大夫耶。若定以高超筆墨爲士大夫畫，而倪、黄、董、巨亦何嘗在搢紳列耶。自吾論之，能品不得非逸品，猶之乎别派不可少正派也。使世皆别派，是國中惟高僧羽流而無衣冠文物也。但畫止能品，是王斗、顔斶皆可役而爲皁隸，巢父、許由皆可驅而爲牧圉耳。金陵畫家能品最夥，而神品、逸品亦各有數人。然逸品則首推二谿，曰石谿，曰青谿。石谿，殘道人也；青谿，程侍郎也，皆寓公。殘道人畫，麄服亂頭，如王孟津書法。程侍郎畫，冰肌玉骨，如董華亭書法。百年來論書法，則王、董二公應不讓。若論畫筆，則今日兩谿又奚肯多讓乎哉。詩人周櫟園先生有畫癖，來官兹土，結讀畫樓，樓頭萬軸千箱，集古勿論，凡宇内以畫鳴者，聞先生之風，星流電激，惟恐後至，而况先生以書召、以幣迎乎？故載几盈牀，不止如十三經、廿一史、林宗五千卷、茂先三十乘。登斯樓也，吾不知從何處讀起。暇日偶過先生，先生出此册見示。余繙閲再四，皆神品、逸品。其中尤喜程侍郎二幀，因誌數語。幸藻鑑在前，不然吾幾涉於阿矣。時康熙己酉仲冬望前一日，清涼山下人龔賢題。

——輯自英和《欽定石渠寶笈三編》，清嘉慶内府朱格鈔本

龔半千山水卷

畫於衆技中最末，及讀杜老詩有云「劉侯天機精，好畫入骨髓」，世固有好畫而入骨髓者矣。余能畫，似不好畫，非不好畫也，無可好之畫也。曾見唐、宋、元、明初諸家真蹟，亦何嘗不坐卧其下、寢食其中乎。聞之好畫者曰：「士生天地間，學道爲上，養氣、讀書次之，即游名山川、出交賢豪長者皆不可少，餘力則工詞賦、書畫、棋琴。」夫天生萬物，惟人獨秀。人之所以異於草木瓦礫者，以有性情。有性情，便有嗜好。一無嗜好，惟恣飲啖，何異馬牛而襟裾也。不能追禽而之蹤，便當居一小樓，如宗少文，張圖繪於四壁，撫弦動操，則衆山皆響。前賢之好畫，往往如是，烏能悉數。余此卷皆從心中肇述，雲物丘壑，屋宇舟船，梯磴蹊徑，要不背理。使後之玩者，可登可涉，可止可安。雖曰幻境，然自有道觀之，同一實境也。引人着勝地，豈獨酒哉。戊辰秋杪，半畝龔賢畫并題。

——輯自龐元濟《虚齋名畫録》，清宣統間刊本

題自畫山水册

畫有六法，此南齊謝赫之言。自余論之，有四要而無六法耳。一曰筆，二曰墨，三曰丘壑，四曰氣韻。筆法宜老，墨氣宜潤，丘壑宜穩，三者得而氣韻在其中矣。筆法欲秀而老，若徒老而不秀，枯矣。墨言潤，明其非濕也。丘壑者，位置之總名。位置宜安，然必奇而安，不奇無貴於安。安而不奇，庸手也。奇而不安，生手也。今有作家、士大夫家二派，作家畫安而不奇，士大夫畫奇而不安，與其號爲庸手，何若生手之爲高乎？倘能愈老愈秀、愈秀愈潤、愈潤愈奇、愈奇愈安，此畫之上品。由於天姿高而功力深也，宜其中有詩意，有文理，有道氣。噫，豈小技哉。余不能畫而能談，安得與酷好者談三年而未竟也。當今豈無其人耶，因紀此而請與相見。古吴龔賢。

——同前

龔半千江村圖

壬戌秋，西江牧行者自真州來，曰：「真州有許君頤民，近號蒼虛先生者，頗嗜畫。因要余畫，余謝不敏，敬推柴丈。不獲已，爲作一卷。復以一卷屬我渡江索柴丈，柴丈其許我乎？」余曰：「飯牛子以畫名兩江，尚爾遜謝。余小巫，能不氣縮也。行者亟言之，亦爲作一卷去。兹余挂船迎鑾鎮，訪同里夏翁，於夏翁所得晤頤老。頤老與余談甚洽，因邀至其舊讀書處，爲余下榻而館穀我。異日，復出一卷，謂余曰：「昔人遇伯牙而聆高山流水之操，今吾所得者乃高山，不知流水之音爲何如，子爲我鼓之。」余復作一卷，乃《江村圖》。啚成，頤老約夏翁及其密契紫驂、心如與令弟蒿期諸先生同觀之，惜未與飯牛行者一見也。余頤老方徵畫四方，旦晚雲奔泉滙，鏗鎗合沓於一堂，則此二卷向所謂高山流水者，僅足爲下里巴人而已。諸先生笑，余亦笑，并記之。半畝野遺生龔賢。

——輯自邵松年《澄蘭室古緣萃録》，清光緒間石印本

題詩書畫三絶册

客有自粤西來者，極言粤西山水之奇。峰嶺積天，石不一色，或赤如丹砂，黝如點漆，青黄碧白，各不交雜。一曰此日月照臨、陰晴明晦之所致也。頃神游斯境，戲爲瀉染，亦縮地法也。

——輯自《湖社月刊》，一九二七年第一至十期

溪山無盡圖跋

庚申春，余偶得宋紙一幅。欲製卷，畏其難於收放。欲製册，不能使水遠山長。因命工裝潢之，用册式而畫如卷。前後計十二幀，每幀各具一起止，觀畢伸之，合十二幀而具一起止。謂之折卷也可，謂之通册也可。然中間構思位置，要無背於理，必首尾相顧而疏密得宜，覺寫寬平易而高深難，非遍游五嶽、行萬里路者，不知山有本支而水有源委也。是年以二月濡筆，或十日一山，五日一石。閒則拈弄，遇事而輟。風雨晦冥，門無剥啄，漸次增加。盛暑祁寒，又且高閣。誰來逼迫，任改歲時。逮今壬戌長至而始成，命之曰《溪山無盡圖》。憶余十三便能畫，垂五十年而力硯田，朝耕暮獲，僅足糊口，可謂拙矣。然薦紳先生不以余之拙，而高車駟馬，親造蓽門，豈果以枯毫殘瀋，有貴於人間耶？頃挾此册游廣陵，先挂船迎鑾鎮，於友人座上值許葵菴司馬，邀余舊館下榻授餐，因探余笥中之秘。余出此奉教，葵菴曰「詎有見米顛袖中石而不攫之去者乎？請月給米五石、酒五斛，以終其身，何如？」余愧

嶺上白雲堪怡悦，何意謬加贊賞，遂有所要而與之。尤屬葵菴，幸爲藏拙，勿使人笑君寶燕石而美青芹也。半畝龔賢記。

——輯自王道雲《龔賢研究集》，江蘇美術出版社一九八八年版

自畫册跋

作畫難，而識畫尤難。天下之作畫者多矣，而識畫者幾人哉。使作畫者皆能識畫，則畫必是聖手，恐聖手不如是之多也。吾見今之畫者皆不必識畫，而識畫者即不能畫庸何傷。古之畫者皆帝王卿相、才士文人，聰慧絶倫，而游心藝學。今之畫者，不過與蒙師庸醫借以爲糊口之計。亦曾繙閲宣和之庫，覽清秘於倪家，探玉山於顧氏乎？多所見則多所識。高門世胄，日與賓客相詆詰，判其真贋，今者不識而明日識之。既能識，復能畫，則畫必有理。理者，造化之原。能通造化之原，是人而天，談何容易也。夫歌於郢中者，陽春白雪亦歌，下里巴人亦歌。余，巴人也，曷足以知含商吐角之妙，妄抒所見，何異夏蟲之語冰哉！戊辰初冬，半畝龔賢畫并記。

——同前

廿四幅巨册跋

秋溪書屋，前人畫者最多。要使人見之，謂真有此處爲勝也。

摩詰畫多雪意，恨余都未見之。考之於《宣和畫譜》則然矣。説者又謂摩詰畫中有詩，余即用右丞詩爲王畫之粉本，復不自知其雪意之多也。因笑而記之。

余弱冠時，見米氏雲山圖，驚魂動魄，殆是神物。幾欲擬作，而伸紙吮毫竟不能下。何以故？小巫之氣縮也。歷今四十年，而此一片雲山常懸之意表，不意從無意中得之。則知讀書養氣，未必非畫苑家之急事也。余嘗終日作畫而畫理窮，或經時間作而筆法妙。此唯學道人知之。余於此不獨悟米先生之畫，而亦可以悟米先生之書法也。欲得米先生之書畫者，必米先生其人而後可。余於此又復瞠乎後矣。賢。

畫譜云：「春山如睡。」此語聞之有年。然山可畫，而睡不可畫。此幅先日渲染，次日擬重加點綴。次日未及施筆，客有過而觀者，曰：「此正所謂春山如睡耶？」余聞之驚喜無似，不敢加一點墨矣。前所謂睡不可畫，今山木俱在夢寐中。誰爲之，人耶，天耶？天下事，可遇而不可求，大都如此矣，固紀之。時丙辰三月，半畝賢。

余曾讀書水鄉，今老不能復至其地。欲作一詩憶之，又恐耗我心血。因以淡墨代清吟，且使故廬常在目前，亦貧家新豐市也。野遺生。

十年前，余游於廣陵。廣陵多賈客家藏巨鏹者，其主人具鑒賞，必蓄名畫。余最厭造其門，然觀畫則稍柔順。一日，堅欲盡探其篋笥。每有當意者，歸來則百遍摹之，不得其梗概不止。今住清涼山中，風雨滿林，徑無屐齒。值案頭有素册，忽憶舊時所習，復加以己意出之。其中有師董元者、僧巨者，范寬、李成及大小米、高尚書者，吴仲圭者，倪、黄、王者。送春之二日，而此册成。雖不必指某册擬某人，而瘦腴潤枯、截剛濟弱，寓有微權，想見者自能辨之。余今年近六十，恐後來精力稍倦，私喜此册留爲家具，因謂友人曰，董華亭生平於諸帖無不體貌，晚年酷好李北海、米南宫。余見畫家唯北苑真迹，流傳於世者甚少。唐宋人寫山水，必兼人物，不若北苑獨寫雲山者爲高。故後世指兼人物者爲圖，寫雲山者爲畫，遂有圖、畫之分。董元，實爲山水家之鼻祖。況六法以氣運爲上，唯善用墨者能氣運。故余遠慕董翁。評余畫者，亦謂墨勝於筆。余雖未嘗古人之糟粕，乃其立志有如斯。每欲出此册就正大方，因贅數言以志請益之誠意云爾。時丙辰新夏，半畝居人龔賢。

——同前

自作山水圖册跋

惟恐有畫，是謂能畫。

余荒柳實師李長蘅。然後來所見長蘅荒柳，皆不滿意，豈余反過之耶？今而後，仍欲痛索長衡荒柳圖一見。

唐鄭虔有老樹圖，筆圓氣厚，非五代人可及，況其後乎。因摹之。

一僧問古德，何以忽有山河大地。答云：何以忽有山河大地。畫家能悟到此，則丘壑不窮。

今人畫，竟從俗眼爲轉移。余獨不求媚於當世，紀此一笑。

畫家山水，盛於北宋。至南宋入元，亦自不衰。即雲林生，猶有蒼厚之氣。後之摹者，則不可言矣。不見古人真迹，可妄擬乎！

少少許勝多多許，畫家之進境也。故詩家五言截句，難於諸體。

今之言丘壑者一一，言筆墨者百一，言氣運者萬一。氣運非染也，若渲染深厚，仍是筆墨邊事。

畫不必遠師古人，近日如董華亭，筆墨高逸，亦自可愛。此作成，反似龍友，以余少時與龍友同師華亭故也。

書法至米而横，畫至米而益横。然蔑以加矣，是後遂有倪黄輩出，風氣所開，不得不爾。

減筆畫最忌北派，今收藏家笥中有北派一軸，則群畫皆爲之落色，此不可不辨。要之，三吴無北派。

用巧不如用拙，用巧一目了了，用拙味玩不窮。

——同前

自畫册跋

余作此，爲畫之基耳。忽天巖大和尚叩門見之，驚怪叫絶，撫案曰：「技亦至此哉！」侍者曰：「未也，此畫之基耳。由是而溪焉，由是而岸焉，未可知也；由是而遠林焉，觀巾寺幘焉，未可知也。或蒼嶺矗而上，冬雲走其下，流泉鳴于中，孤峰表乎外，皆未可知。」言未卒，師瞋目視之，謂：「當與汝三十棒！夫爲學日益，爲道日損。損之又損，至于無可損，夫是之謂道。丈人用此爲法，是以見遠于近，藏大于細，含萬有于空空，捲雷霆于寂寞。茲雖一丘土耳，三楹屋耳，令人望之不盡，思之不窮。猶之豎拂掄拳，而其迷者悟焉。解庖犧之一畫，覺虞廷之十六字爲多；信我佛之無言，笑尹喜之五千文俱贅。汝但知買菜求益，而不知太羹玄酒之味也。」天巖去，余遂不能增一筆，僅述其説而志其上焉。余亦不知説之非是。時丁酉中秋前一日也。畫者柴丈人龔賢，又稱野遺生。

——輯自昆山市文聯《龔賢書畫集》，天津人民美術出版社二〇一四年版

自作山水册跋

冶城張大風、黄山漸江師每畫成，必索余題。雖千里郵致，不憚煩也。此册是予少時所作，不知天池大士從何處得來。因憶大風、漸師、天池皆我一流人，幸楮末有餘地，因并紀之。倘攜歸潛山，必出示扶晨汪子，當嗣蘇門一嘯也。

——輯自羅長銘《續歙故》，收入《羅長銘集》，黄山書社一九九四年版

自作山水册跋

辛亥元旦，潑藏茗、祀昊蒼於山中。閉户静坐，不通姻友。滌硯試筆，出素册寫之，如此者旬日。後來花事稍繁，至暮春始卒業。不敢曰人間清福被我享盡，而較之周旋於禮法之間者，所得不已多乎！因一笑而記之。

——輯自原作，原作現藏於美國納爾遜藝術博物館

信札

與胡元潤

畫十年後無結滯之迹矣，二十年後無渾淪之名矣。無結滯之迹者，人知之也。無渾淪之名者，其説不亦反乎。然畫家亦有以模糊而謂之渾淪者，非渾淪也，惟筆墨俱妙，而無筆法墨氣之分，此真渾淪矣。足下兄弟世其家學，沉酣夢寐于枯毫頑石間者四十年，吾竟不能窺所至。夫未離闤闠而談五岳之奇，雖稱亦謗也，余何敢。

——輯自周亮工《尺牘新鈔》，清光緒間刊本

辭屈翁山乞畫書

足下素無知畫之明，僕不欲足下有知畫之明。倘足下有知畫之明，而重余詩，安知非重余畫而并重余詩也。惟足下素無知畫之明而重余詩，此真知余詩也。僕且不欲以余畫而溷余詩，肯又以此溷足下哉。倘足下必欲余畫，僕知足下辭家二十年，出游五萬里，一至九邊，再登五嶽，生身南海，問渡江漢，凡世間之疋泉片石、古塚遺碑，無不考之於圖，縱横之於心目。僕將乞畫於足下，足下反欲涸余之餘瀋耶。此僕之所以寧負罪戾，而不敢奉教也。

與張侍御

昨晤足下，問讀何書，曰：「正恨無醒快之書。」曰：「何不讀十三經、廿一史？」曰：「一覽長篇，便欲睡去。」此語出之他人則可，奈何學古之士而亦狃此近今淺陋之習乎？足下所謂「醒快之書」何等也？得無叢談秘笈、稗雅卮言之類歟？此皆迂疏怪誕、荒淫倦怠之人，悔失學於初年，寄無聊於末路者所爲，曾何益於身心？夫六經諸

史，天下極醒快之書也。倘足下與僕數晨夕，僕將與足下商訂千古，日不暇給，肯使足下靡歲月於無益之篇章乎？倘足下不以余言爲謬，當留連三代，究極天人。吾知足下他日再遇唐以後書，土苴棄之矣。足下與僕非泛交，故不覺其言之盡。

與周雪客

天之妒才甚矣！吟詩者有罪，信不誣也。因思我輩之窮，已定於拈弄五七字之始。天以有限造化，被前人奪盡，是以久而愈惜，我輩即從今日不識一字，不吟一句，已不可挽回天之盛怒矣。頃在枕上，勘破蒼公之處分如此。因寓書於足下，各勉力作得一句兩句好詩，亦不枉爲天之罪人也。

——以上三題，輯自周亮工等《結鄰集》，民國貝葉山房排印本

與王翬書

自春初，入夏至秋，畧得好夢。日來朝聞鵲語，夜拜燈花，不識主何吉兆。頃磴仙使來，手持先生貽贈半畝畫幅，展之驚魂動魄，不覺五體投地矣。復何言説，可盡謝忱耶？

又與王翬書

自公韓爲弟説先生墨妙，不獨爲吴門第一，竟爲天下第一。今弟神魂飛越，正擬拏一舟來訪。忽聞道駕且至，喜可知矣。所恨荒居稍遠，不能日侍左右。頃又聞將欲解纜，使弟恍惚不知所從。無計可留，奈何奈何。子老人至，接得至實，滿弟願矣。但拙作不敢附去，未免形穢，幸一笑而擲之。拙詩并諸君子亦附上。半隱昆季先行矣，屬并致意。小册紙一幅，權書前作一首。明日遇有人來城南，再作。

——以上兩題，輯自鄧實《清暉閣贈貽尺牘》，民國間神州國光社排印本

與汪舟次

是日訪野人於書堂，而舟老已有真州之行矣。佳箑久已畫就，并作一詩請正。俟道駕旋，方敢奉上，恐郵致失誤也。張祜稿刻小半矣。但寫字人姜仲禮欲歸江南，弟偶爾囊中空乏，不能遣去，只得向劉振明轉向道兄那借，諒不我責也。乞盛秤遞至我處，與之約用二兩五錢。冒瀆之罪，俟容荆請。舟次道兄，弟賢頓首。

——輯自潘承厚《明清畫苑尺牘》，臺灣中華書局一九七一年影印版

六老札

六老未必來，此請似不可少。見尊价持簡來，弟心已感無涯矣。頃遣是龍同下帖，未知允否，請看六老回弟之字便知矣。倘去真州則已，辭爲不來則已，來即對是龍説聲，明午即趨府作陪，不必又令价人遠至也。爾世哥，弟賢復。

夏間札

夏間接手教，且遺方物，令山中倦臥之人殊不寂莫也，感謝何既。平老回，匆匆不及修候，權附大册完上。諸容再寄方幅，託公餘先生致來何如。

□老有東游游興否。漢上必有消息，幸示之。孫無老擬作一畫奉寄，并再作代韓詩，月内可郵致也。上老一字，幸託無老持去爲妙。不盡不盡。爾老友兄知已，同學弟賢載頓首。

無老不另啟。

——以上兩題，輯自《龔半千詩稿》，收入《上海圖書館未刊古籍稿本》第四十七册，復旦大學出版社二〇〇八年版

久聞札

久聞著作大名，正擬款關奉謁，忽蒙枉顧，喜何如之。昨又辱晉接登階，今復垂教種種，自知晚年又增一知己也。

客歲札

客歲濱行，擬過辭晤。河冰將合，倉卒登舟，遂不獲如願。前飲草堂中，許爲製横披畫請教。今小力來揚，因附之，希照到爲荷。

邇來新作必多，肯寄示否？弟歸來三月，自訂五律百篇。承寶臣諷其叔樸士爲弟災木，能遂鄙願，月内當呈覽也。餘不盡。

卷四 畫論彙編

畫訣

學畫先畫樹起，畫樹先畫枯樹起。畫樹身好，然後點葉。

自上而下，上鋭下立，中宜轉折。然轉折在中半之上，轉折處勿露棱角。惟用中鋒，自無芒刺。

二筆，左半合一筆之杪爲左杈，合二筆之半，自上而下爲右杈。自左而右，即轉而上，共一筆也。

續三筆而直下，合一筆爲樹身。

四筆之曲直，視一筆之曲直，但上狹而下稍寬耳。

四筆即成樹身，以後即添枝。身向左則枝皆向左，左枝多，右枝少。若向右樹，反此。

凡向左枝皆自上而下，向右枝皆自下而上。此自然之理，即欲反畫，亦不須手。

向右樹第一筆，自上而下，又折上。折上謂之送。送筆宜圓，若偏鋒則扁筆矣。

向右樹，一筆即分叉，分叉處勿結。凡自上而下，自左而右者，謂之走筆。

向左樹，先身後枝。向右樹，先枝後身。

向左樹，大枝向右。向右樹，大枝向左。亦有變體，即不論。

樹身中直皴數筆，謂之樹皮。根下闊處白處補一點兩點，謂之樹根。

一株獨立者，其樹必作態，下覆式居多。

二株一叢，必一俯一仰，一欹一直，一向左一向右，一有根一無根，一平頭一鋭頭，二根一高一下。

古云「三樹一叢」，第一株爲主樹，第二樹、三樹爲客樹。或問：何以爲主樹？曰：根在下者爲主樹。主樹，近樹也。

三樹一叢，一樹有根，則二樹無根。

三株或四株一叢，一樹、二樹相近，則三樹、四樹必稍遠，謂之破式。

主樹欹，客樹直；主樹直，則客樹不得反欹矣。

主樹根在下，則樹杪不得高出客樹之上。主樹多欹者，所以讓客樹之直也。

大叢中不妨添小樹直立，如孔門弟子，冠者中雜立童子也。

一樹、二樹相近直立，則枝宜横出頂上。

一樹向前，則二樹向後，中添小樹則兩向，雖向前者必顧後，向後者必應前。亦有群樹一向，謂之變體，偶一爲之，不可多作也。

無葉謂之寒林，數點謂之初冬，葉稀謂之深秋，一遍謂之秋林，積墨謂之茂林，小點著於樹杪謂之春林。

添葉則一樹一色，葉子不可雷同。五樹之下，雜以變體。十樹之外，不妨雷同。

四樹一叢添葉式。此四樹一叢，三樹相近，一樹稍遠。添葉子最要濃濃淡淡，始有分別。且其中要一縱一横。如扁點，横也。下垂葉，縱也。縱者，直也。半菊頭，縱之類。松針葉，横之類。不縱不横，夾圈、圓點是也。

六樹一叢。大叢九樹，小叢三樹，六樹中叢也。六樹六色，葉子不可雷同。

俯螳螂枝，最忌枝枝相似，犯此謂之刻板耳。惟用筆活，即無此病。

畫柳最不易。余得之李長蘅。從余學者甚多，余曾未以此道示人，今告昭昭曰：畫柳若胸中存一畫柳想，便不成柳矣。何也？幹未上而枝已垂，一病也。滿身皆小枝，二病也。幹不古而枝不弱，三病也。唯胸中先不著畫柳想，畫成老樹，隨意勾下數筆，便得之矣。

柳欲身短而幹長，根宜遠引，宜出土。

畫松正與畫柳相反。畫柳從下分枝，畫松枝在樹杪。柳枝向上，松枝兩分。畫柳根多，畫松根少。松宜直，柳宜欹。松針宜平。

畫松平頂多於直頂。

松葉宜厚。

學畫先畫樹，後畫石。畫石外爲輪廓，内爲石紋。石紋之後，方用皴法。石紋者，皴法之現者也。皴法也，石紋之渾者也。

畫石筆法亦與畫樹同，中有轉折處，勿露稜角。畫石塊，上白下黑。白者陽也，黑也陰也。石面多平，故白。上承日月照臨，故白。石旁多紋，或草苔所積，或不見日月，爲伏陰，故黑。

石最忌蠻，亦不宜巧。巧近小方，蠻無所取。

石不宜方，方近板。更不宜圓，圓爲何物？妙在不方不圓之間。

石必一叢數塊，大石間小石，然須聯絡。面宜一向，即不一向，亦宜大小顧盼。

石下宜平，或在水中，或從土出，要有著落。今人畫石，皆若倒懸，可笑可笑。

石有面，有肩，有足，有腹，亦如人之俯仰坐臥，豈獨樹則然乎。

石有背、面。面多皴，背不宜多皴。惟屋亦然，景在下面朝我，景在上面朝外。石亦然。

石面有似平臺者。然平臺者，即破山也。山倒去半邊，即成平臺，故作色平，臺面染緑，苔艸色也；旁染赭色，倒去沙土色也。

初畫高手亦自可觀。畫至數十年後，其好處在何處分別？其顯而易見者，皴法也。皴法名色甚多，惟披麻、豆瓣、小斧劈爲正經。其餘卷雲、牛毛、鐵綫、鬼面、解索皆旁門外道耳。大斧劈是北派，戴文進、吴小仙、蔣三松多用之。吴人皆謂不入賞鑒。刺梨皴即豆瓣皴之變，巨然常用此法。

畫樹易，畫石難。樹有體段，石無端倪。石自石而山自山。今人作畫，樹下轉似山，山頭轉似石。

山頭宜分土、石，或石戴土，或土戴石。所以欲分者，辨深淺也。深山大壑，純用石山不妨。若淺水沙灘，不妨用土山耳。土山下不妨用小石爲脚，大山内亦宜用土山爲肉。純用石，恐無煙雲縹緲之態耳。

畫石宜穩，今人畫石，不管著落何地。或著水如在水中，或著土如在土上。今人常畫一尖倒垂，似懸而無所依附，可笑可歎也。

大石間小石，染墨小石宜黑，大石宜白。

玲瓏石最忌瑣碎，瑣碎美人圖中物也。

玲瓏石多置於書屋酒亭旁，大丘大壑中不宜著此。

玲瓏石宜在水邊，近日文、沈圖中多畫此。

畫泉宜得勢，聞之似有聲。即在古人畫中見過，摹臨過，亦須看真景始得。

平橋兩面俱見者，其面必狹。

橋有面、背。面見於西上，則背見於東下。往往有畫反者，大謬也。小橋平橋，不必著欄。高橋危橋，不可不著欄。

畫屋有正有旁，正爲堂，旁爲舍，不得倒置。

畫屋要以設身處其地，令人見之皆可入也。

畫屋固不宜板，然須端正。若欹斜，使人望之不安。看者不安，則畫亦不靜。樹石安置尚宜妥貼，況屋宇乎！

亭子宜著高爽處。在下之亭，必矮而闊，中多柱。

亭子有三足者、四足者，其常也。亦有多至八九柱者。有四面者，六面、八面者。

空者爲亭，實者爲團瓢。

凡安寺觀，大小亦宜視山之深淺、林之厚薄。設橋亦然。小橋板橋，止可設於平灘沙水之際。深山大澤，須用石橋。樓臺宜聳出在松楸林木之外，然亦須襯貼，大石橋邊必有古寺。

樓閣第二層宜淺。

凡畫風帆，或其下有水草、蘆葦、楊柳之屬，皆宜順風。若帆向東，而草頭、樹杪皆向西，謂之背戾。此畫家大忌。

大船著桅宜在中，小船著竿子在前半。見有著於船頭者，非是也。篷索遠則不見，然不畫出又無勢，止得畫一根，遠不見人手持之處。其人隱于梢篷内，即不見也。

遠帆宜短，又是一法。

如三船同行，一船獨遠，二船稍近。三船均停擺去，可笑也。

龔半千課徒畫説

二株一叢，分枝不宜相似，即十樹、五樹一叢，亦不得相似。其中有避就法、縱横法、變换法、破法、救法、改法。

二株一叢，則兩面俱宜向外。然中間小枝聯絡，亦不得相背無情也。

三株一叢，則二株宜近，一株宜遠，以示别也。近者宜曲而俯，遠者宜直而仰。

三株一叢，二株枝相似，一株宜變。二株直上，則一株宜横出或下垂，似柔非柔，有力故也。

三樹不宜結，亦不宜散。散則無情，結是病。

三株一叢，或二株有根，一株無根；或一株有根，二株無根。三株俱有根、俱無根不得。

大約樹曲而俯者根大，直立則根在土。

樹頭、樹根皆宜參差。大約根在下，樹頭不得過彼樹。下者近也，上一分是遠一分。

枝有上升，旁有出，有下垂。長枝則然，短枝不必。枯枝短，春枝長，長則謂之條矣。

十樹、五樹一叢，向上旁出枝不妨多，下垂枝不宜多，下垂枝破式法也。

旁出枝宜長，長有致。

下垂枝只可一枝二枝，不得一樹皆垂，他等不礙。

寒林復加横枝，更覺秀媚。或俯或仰，俗謂月牙枝，亦有濃淡。

寒林宜瘦宜長宜直，愈遠愈直。遠樹枝無下垂，不見也。枝一縱一横，寒林近枝奇可也，遠不宜奇。

寒林，愈要向背有情。

淡墨種種，愈淡愈鮮，望之若有五色。

雖寒林，欲望之有秀色。所以然，筆健而墨潤。

寒林，墨氣不宜太濃，若含煙露者淡故也。入煙一層，又淡一層。

此濃葉也。一遍仍謂之秋林，有二遍、三遍、五遍、七遍之别。二遍、三遍晴林，五遍、七遍雨林。晴林要爽，雖葉密而氣疏。雨林欲蒼翠如滴。

點濃葉法，遍遍皆要上濃下淡，然亦不可大相懸絶。一遍仍用含漿法，上濃下淡，自上點下。點完不必另和新墨，即用筆中所含未盡之墨，依次自上點下，與初遍或出或入。若所含之墨已乾，將預先和成淡墨稍茹一點於毫内。二遍已覺參差煙潤，有濃林之態矣。若只點晴林，再將乾筆似皴似染籠罩一遍。若點煙林、雨林、朝林，三遍即用濕墨將前二遍精神合二爲一，望之更爲蓊蔚。朝林者，露林也，故宜帶濕。然此三遍只算得一遍。若點成墨猶不甚濃，故四遍仍同一遍，墨上濃下淡，自上點下。五遍仍用四遍筆中未盡墨，參差加點一層。六遍仍以淡墨籠罩之。大約一遍爲點，二遍爲皴，三遍为染，四、五、六遍仍之。如此可謂深矣、濃矣、濕矣。然又有一種喫墨紙，至五遍仍不見黑，故又用六遍焦墨，點於最濃之處以醒之。恐此數點（中闕）墨外，故（中闕）以淡墨渾之。此中非濃淡燥濕得宜，無有不成一片者。

一遍、二遍、三遍一歇，俟乾再點四遍、五遍又一歇，俟乾再點六遍、七遍，不乾而點則紙通矣。七遍大約耳。其中皴染原無定數。今人但知點染，不知葉中有皴。點不成點，染不成染，故謂之皴。

點葉粒粒宜分，若先模糊，後則不見筆法矣。然亦不宜太散；太散，點成望之不秀。

此學吴仲圭法。仲圭別號梅花道人，此點遂謂之梅花點。點宜聚不宜散，聚而能散，散而復聚，方見奇横。

純用中鋒，點點欲圓。今人非不點此葉，望之氣不厚者，必其中點不圓也。

此學石田老人雨林也。千載之下，猶見蒼翠欲滴，此在潤不在濕，潤墨鮮，濕墨死。

墨含筆内爲潤，墨浮筆外爲濕。

濕染可也，先濕則上不可加。濕者，所以渾皴點也。

松枝未添葉式。□不宜□枝宜□。松枝在上不宜多。松宜高宜直，枝宜轉折，如人手臂。松宜秃，針在枝杪，勿附身頂，葉宜少，根在土。

孤松宜奇，成林不宜太奇。雖要古，然須秀。秀而不古則稚，古而不秀則俗。松忌俗，柳忌嫩。畫柳畫松不宜全。

松針有數（中闕）種大方，他如圓松不得多樹。孤松宜圓葉。一層葉，則下石宜乾皴。下石點染，針葉加點一層。樹多則葉密，孤立則葉稀，或留一枝二枝不點葉，亦可。

松宜欹不宜屈，宜古不宜俗。古易俗，欹易屈，故宜別之。

枝雖折下，而針俱宜向上，寫針用楷法。

畫樹惟柳最難，惟荒柳、枯柳可畫，最忌嬝娜娉婷如太湖石畔之物。今人不知畫柳，予曾謁一貴客，朝登其堂，主人尚未起。予飽看堂上荒柳圖，然不知從何處下手，抑鬱者久之。一日作大樹，意欲改爲古柳，隨意勾數條直下，竟儼然貴客堂中物也。始悟畫柳起先勿作畫柳想，只作畫樹。枝幹已成，隨勾數筆，便蒼老有致，非美人家之點綴也。身宜闊，枝宜長條，下垂宜直，轉折處宜有力，宜欹斜不宜特立，宜交加不宜遠背，根宜現，節宜□，幹宜挺上，絲宜疏少，皮宜皴黑，枝不盡條，條宜長短有致。

枝長於身，條長者可以至地。然松在山，柳近水，亂生於野田僻路之間，至妙。

雜樹中偶見柳即有致。柳樹中隱雜枝不得，柳下但宜蘆葦。

向右條自上而下，向左條自下逆上。左多則右少，右長則左短，不得左右一致。

此山之輪廓也。重一遍，皴之半。言重勾一遍，已得皴之半矣。此後照石文略皴數筆，便有眉眼。

正面山如大人，望之儼然，聲色不動。

群山一叢，如列辟朝君之象。

一遍者，筆宜燥，燥則靈活。山有頭有面，有背，有脊，有肩，有腰，有足。高出爲頭，向望爲面，反面爲背，聯絡爲脊，傍起爲肩，中路爲腰，兩分爲足。

勾一遍謂之輪郭。輪郭之内縷縷分者，謂之石文。石文之後，然後加皴。

文人之畫有不皴者，惟重勾一遍而已。重勾筆稍乾，即似皴矣。

重不可泥前筆，亦不可離前筆。有意無意，自然不泥，自然不離。下不礙闊，上筆宜細。似亂勿亂，有力有氣。

此三種皆重一遍法。重一遍，皴之半。言重一遍之後，稍加皴，即如皴矣。

輪郭重勾三四遍，則不用皴矣。即皴，亦不過一二小積陰處耳。

加皴法。皴下不皴上，分陰分陽也。皴處色黑，爲陰；不皴處色白，爲陽。陽者日光照臨處，山脊石面也。陰者草木積陰處，山凹石坳也。

皴法先乾後濕，故外潤而内有骨。若先濕後乾，則墨死矣。濕墨每淡於乾墨。

皴在石爲文，在土爲痕。積而至於黑者，非苔蘚之故迹，即草木之餘根。

小石若積。

石亦有面，面有向背，向背要有情。石有石嘴，山有山面。山以石爲五官，石以山爲四體。

山無石，則無脈絡。石無山，則無包含。

純山無石爲堆，純石無山爲髑髏。石面宜白，不白則與山無分矣。石上不生草木，故白。土面非草即苔，故宜染墨。非黑無以顯其白，非白無以判其黑。大約皴處皆草木苔蘚也。石面有苔，又木之顯著者。

皴愈宜燥，不燥一片墨矣。皴下不皴上，此畫家之同法也。有（小）斧劈皴，有大斧劈皴，有牛毛皴，有披麻皴，有解索皴，有鐵綫（皴），有捲雲皴，有鬼臉皴，有骷髏頭皴，有刺梨頭皴，有丁字皴，有豆瓣皴，有斧劈兼披麻皴，有解索兼披麻皴。披麻爲正；解索次之；豆瓣不失爲大方，且見本領。大小斧劈古人多用之，今入北派矣。捲雲與解索相近，牛毛太細不足取。然未有不皴下而留上者，皴處是積陰處也。

重皴一遍，墨稍潤矣，謂之半染。

危峰如笏，拳石若螺。陰陽剖判，岌嶪嵯峨。生無端倪，雲態水波。

結處勿結，散處勿散。結處稍濃，散處稍淡。

渾淪包破碎，端正蓄神奇，畫石法也。

竅心拳面，白首蒼根。琢而不磨，天斧無痕。一闔一張，神鬼之門。

圓石要有棱，方石要層層。亂石要連屬，奇石要有根。危者要勿隕，據地要有情。

聚則爲累累，散則爲星星。

點苔有宜扁點者，有宜直點者，趁勢也。有單點，有重點，有三、五、七遍點，以樹葉之疏密爲疏密，以樹葉之淺深爲淺深。

無論直點、扁點，俱宜圓厚。圓，氣圓；厚，氣厚，非謂梅花點也。

石嘴山脊上苔宜黑，肢體膚肉上苔宜淡。黑宜墨活，淡不可濕，濕則墨死耳。

古人謂「奇石若杯棬」，此類是也。

苔有瓣，無妨亂。

點苔要茸茸，點圓内或空。要知圓厚處，只在筆中鋒。淡處無妨淡，濃邊不礙濃。鬚眉生有處，無作毛仙翁。

用筆宜活活能轉，不活不轉謂之板。活忌太圓板忌方，不方不圓翕且張。拙中寓巧巧無傷，惟意所到成低昂。要之至理無今古，造化安知董與黄。

平臺上無屋，□□有路登。可以無路入，平臺上有屋。有屋必有路，無路誰來住。譬若沙盡頭，也設橋爲渡。水闊不可橋，扁舟泊其處。此理宜較然，不然則窘步。

石多宜静，静在安妥。一石磽确，群山參錯。理境勿差，亂無不可。近山色白，積石蒼蒼。遥峰則青，淺灘則黄。黄者日色，不然水光。有皴無皴，須知陰陽。氣宜渾厚，色宜蒼秀。譬若士人，肌豐眉瘦。百巧千奇，寧須粱竇。苔助染，染助皴。皴助勾，勾似皴，皴似染，染似苔。理有(下脱)。横如瓜，竪如瓜，横竪看來總不差。造化一輪擎在手，生天生地任憑他。

平山之下脚爲坡，坡之疊起者即山矣。然近山之平者，皆謂之坡可也。遠坡之微有起伏者，即謂之山可也。

大約土山之脚，俱謂之坡。坡下横筆數道，即謂之沙。坡宜淺，沙宜長。沙灘石塊，俱立水傍。石宜輪囷，沙宜委長。高沙爲阜，高阜爲岡。高岡爲嶺，高嶺蒼蒼。山因雲厚，水以灘長。岸薄水闊，苔少山荒。山荒水闊，畫之最良。我師造物，安知董黄。

千峰萬峰，中有主宰。昂然者君，拱立臣采。又若兒孫，高高矮矮。罔不正直，各舒精彩。翠列眉端，已在天外。

或瘦若刀，或利若劍。插入雲中，千片萬片。下士柔腸，試此或斷。（下闕。）

柴丈畫説

畫家三等，畫士、畫師、畫工。

畫士爲上，畫師次之，畫工爲下。或問曰：「畫師尚矣，何重士爲？」柴丈曰：畫者，詩之餘。詩之，文之餘。文者，道之餘。吾輩日以學道爲事，明乎道，則博雅亦可，渾樸亦可，不失爲第一流人。故詩文寫畫，皆道之緒餘，所以見重於人群也。若淳之以筆墨爲事，此之賤也。雖然畫師亦不可及，作法以垂後世之規而憲（有闕文）爲師，所以抑師而揚士者，奬人學道也。明乎道，始知畫之來由。不明利道，所謂習其事而不明其理者是也。若畫工既不知畫理之所存，又不能立法作則，而資繼起，請以歲月而易人廩給，古人所謂異日者也。以乎養口，何異運斤彫瓦之人。君子恥之，鄙其名曰工。工與士，若乘騄駬而分馳也。

畫家四要，筆法、墨氣、邱壑、氣韻。

先言筆法，再論墨氣，更講邱壑，氣韻不可不説，三者得則氣韻生矣。筆法要古，墨氣要厚，邱壑要穩，氣韻要渾。又曰筆法要健，墨氣要活，邱壑要奇，氣韻要雅。氣韻，猶言風致也。筆中鋒自古。墨氣不可歲月計，年愈老，墨愈厚，巧不可得而拙者得之，功深也。鄭子房曰，柴丈墨氣如煉丹，墨氣活，丹成矣。此語近是。

筆法：筆要中鋒爲第一，惟中鋒乃可以學大家。若偏鋒且不能見重於當代，況傳後乎？中鋒乃藏，藏鋒乃古，與書法無異。筆法古乃疏、乃厚、乃圓活，自無刻、結、板之病。

空景易，實景難。空景要冷，實景要鬆。冷非薄也，冷而薄謂之寡。有千邱萬壑，而仍冷者，静故也。有一石一木，而鬧者筆粗惡也。筆墨簡貴自冷。

筆墨關人受用。筆潤者，享富貴；筆枯者，食貧。枯而潤者清貴；濕而粗漏者賤。

從枯加潤易，從濕改瘦難，潤非濕也。

樹潤則山石皆潤，樹枯則山石皆枯，樹濃而山淡者非理也。濃樹有初點便黑者，必寫意。若工畫，必由淺而加深。

濃樹有加七遍墨者。若七遍皆濃墨，則不成樹矣。可見濃樹積枯成潤，不誣也。

加七遍墨，非七遍皆正點也。一遍點，二遍加，三遍皴，便歇了。待乾，又加濃點，又加淡點一道，連總染，是爲七遍。

濃樹不染不潤，然染正難，厚不得，薄不得。厚有墨迹，薄與無染同。濃樹内有點有加，有皴有染，有加帶點，有染帶皴，不可不細求也。

直點葉，則皴染皆直。若横點葉，則皴染皆横。

濃爲點，淡爲加，乾爲皴，濕爲染。加淡葉則冒於濃葉之上，但參差耳。一到加葉時，其中便寓有皴染之理。樹中有皴染，非皴自皴而染自染耳。乾染爲皴，濕皴爲染。若皴染後，樹不明白，不妨又加濃點。

樹葉皆上濃下淡，濃處稍潤不妨，淡處宜稍乾。

點葉，轉左大枝起，然後點樹頭。若向右樹，即不妨先點樹頭矣。

點濃樹最難，近視之却一點是一點，遠望之却亦混淪。必乾筆濃淡加點，而渾淪處皴染之力。

有一遍葉不加者，必葉葉皆有濃淡活潑處。若死死墨用在上，無取疏林也。

疏林葉，四邊若漬墨而中稍淡，此用墨之功也。筆外枯而内潤，則葉乃爾。明此法，點苔俱用。

點葉必緊緊抱定樹身始秀，若散漫則犯壅腫病矣。

一縱一横，葉之道。

點葉不見筆尖筆根，見筆尖筆根者，偏鋒也。

中鋒鋒乃藏，藏鋒筆乃圓，筆圓氣乃厚，此點葉之要訣也。

松針若寫楷，横點若寫隸，半菊若寫草，圓圈若寫篆。

松針有數種，然亦不可亂用。大約細畫宜工，粗畫宜寫，長而稀者爲貴。

若枯松，竟有不畫葉者，亦有僅畫數葉者，以少爲貴。

松宜孤，柳宜衆。松類壽□孤，松類美人景。

孤松在林，必高衆木。

松多直立，柳多偃卧。

松依石，柳依水。松在高岡，柳在淺瀨。

松愈老葉愈稀，柳愈老條愈疏，筆力不高古者，不宜作松柳。

柳不宜畫，惟荒柳可畫。凡樹筆法不宜枯脆，惟荒柳宜枯脆。

荒柳所附，惟淺沙、僻路、短草、寒煙、宿水而已，他不得雜其中。

柳身短而枝長，叉多而節密。

畫柳之法，惟我獨得，前人無有傳者。凡畫柳先只畫短身長枝古樹，絶不作畫柳想。幾樹皆成，然後更添枝上引條，惟折下數筆而已。若起先便作畫柳想頭於胸中，筆未上伸而先折下，便成春柳，所謂美人景也。

柳條折處要方，條與枝若接實不接，若不接實接，所謂意到筆不到也。

柳叉雖多直，用向上者伸出數枝，不必枝枝皆直也。

畫樹惟松、柏、梧桐、杉、柳并作色楓葉有名，其餘皆無名也。然畫家亦各有傳受之名，如墨葉、扁點、圓圈之類，正不必分所謂桑、柘、槐、榆也。

畫葉原無定名，惟傳者自立耳。畫葉原無定款，惟畫者自立耳。畫葉雖無定式，然不可流入小方，并離經判道，人所不恒見之類。大約墨葉、扁點、芭蕉、披頭、圓圈數種正格耳。他雖千奇萬狀，皆由此化出。如墨葉一種，化而爲肥墨葉并直點，瘦而爲半菊，長而爲披頭，横而爲虎鬚，團爲菊花頭，飛白爲夾葉，亂而爲聚點。扁點化而爲圓點，横而爲長眉，信筆爲斜點，放而爲大點，□而爲細點，雙勾爲鳳眼，披頭化爲長披，爲淡景，爲覆髮，爲直點，爲百羽，爲飛毛，爲懸針。圓圈化而爲草四，爲篆六，爲全菊、半菊，爲聚果，爲旗扇，爲栗包，爲挂茄，爲芭蕉葉，爲白翎，種種不可名狀，皆以前五種爲母。

主樹非墨葉即扁點，此二種又諸葉之正格。

畫葉之法不可雷同，一樹横則二樹直，三樹向上，四、五樹又宜變改。或秋景便用夾葉。幾樹中定用一夾葉者，謂之破勢。幾樹皆黑，此樹獨白者，欲其醒耳。

大凡樹要遒勁，遒者柔而不弱，勁者剛亦不脆。遒勁是畫家第一，筆煉成，通於書矣。

龔半千課徒稿

從第一筆學起。

一筆上鋭下立，中宜頓挫。頓挫者，轉折也。轉折處不宜有棱，有棱謂之偏鋒。

第一筆，起手法，自上而下，中要頓挫。

二自左而右，接處不宜結，不宜脱。

三，三筆自左下折而上。

自左而下者筆宜楷，自下而上者宜鋭。楷不宜板，鋭不宜單。單，弱也。

四，四筆自上而下。一筆不能到底，故以五筆接之。至五筆，樹身成矣。樹身上狹下闊，雖稍闊，莫懸□。

中二點，點在上爲節，在下爲根。

根向左。根向右。

自六筆至八筆謂之添杈，七筆自上而下，復折右上。恐折處筆結，或斷一斷。

八筆成樹即可點濃葉。若疏林，仍須添枝。

□添大杈。

又添小枝，小枝皆自左而右。

樹身左邊枝自上而下，右邊枝自下而上，此添枝之要法也。

一上下，二下上，三上下接，四合，五、六合，七下上，八、九合，十添節，十一添根。

凡合，視前筆之曲折爲曲折。

大樹宜曲折，小樹不宜。然亦不可太直耳。太直則須一派點葉。

杈多即先枝後身，杈少即先身後枝。

向左樹先身後枝，向右樹先枝後身，從便也。一筆能下即下，不能到底即斷一斷。不可强下，强下即弱。

筆法□遒勁。遒者柔而不弱，勁者則而不脆。一筆是則千筆萬筆皆是，一筆不是則千筆萬筆皆不是。滿紙草梗，無益也。草言太弱，梗言太硬。寓剛于柔之中，謂之遒勁。遒勁之法，不獨畫樹，畫山畫石皆用之。

凡樹身如人立，枝如手，根如足。俯仰向背、坐立起舞、徙倚吟望皆宜有致。

添枝，枝不宜曲。

樹身闊不宜添枝，欲點濃葉故也。

樹身闊不宜皴皮，欲點濃葉故也。

樹身闊處添節，下闊添根。上闊下亦宜增闊中一筆，改爲樹紋，更添數紋以亂之，此改法也。

大樹立如偉丈夫，宜伸不宜屈。

樹身不宜短，枝不宜長，小枝長謂之條。

點濃葉則身内不皴，恐皴黑與浓叶不辨。寒林則皴樹皮，以其别于外也。

不皴樹，枝宜少。

若露筆法則中不宜皴，恐掩好處耳。樹不皴則山石宜飛白，即乾皴數筆，不染亦可。皴樹身宜乾，乾皴如樹紋，濕則墨死耳。

樹枝加染一遍二遍始厚，然須筆筆健，不健而厚謂之肉指。

寒林或宜枯脆，加染而潤者春樹也。春樹不必點葉深。春之樹葉在樹梢。

樹有不皴而重勾一遍者，重勾一遍始厚始老，不然單薄耳。

圓點，即吳仲圭點也。

一點要圓，即千點萬點俱要圓。

小攢三、四、五點，大攢十數點，三四十點亦可。

□愈少而愈宜大，大而少始疏。多宜横，氣横筆圓，望之始厚。

扁點宜平。

扁點又謂之豆瓣點，起住皆宜藏鋒。

將筆鋒收折於筆中，謂之藏鋒。

始而用收折法，久而自然兩端無穎。

起手不宜重疊，重疊俟二遍三遍。

一筆至七筆向右式。二筆左出，三筆右出。

一出一入，大出大入，俱謂之縱横。

二遍。雖二遍，内仍如皴染一遍。

三遍。一遍點，二遍淡加，三遍染。

四、五遍。

三遍點完，墨氣猶淡，再加濃墨一層，恐濃墨顯然外露，以五遍淡墨渾之。

一筆至五筆俱自左而右，六筆後畫在左，宜飛舞。

一、二、三、四、五、六，全。六筆全，謂之一个葉。

六筆爲一个，中心不宜結，不宜散。六七个爲一攢，攢俱用寫竹法。奇偶堆去亦有大小出入。

一个、二个、三个、四个、五个。三个爲「品」字，一个至五个向，俱有品字法。

秋林。

一遍點。

葉宜抱身而生不可離。

少葉秋深樹。

雖不畫枝，其中若有枝然。

二遍點。三四遍點。

不可因濃墨，其中枝雜不分。葉宜蓋小枝，不可掩大幹。老樹或掩半邊亦可。

淡墨每多於濃墨一輝，然宜蔭在下，不宜冒出上。

畫葉無名，俯、仰、平三種而已。□□葉無可稱，强名之曰松針葉。以其類松針也。

松針細瘦而稀，生在枝杪。

或五筆或六七筆爲一个。四个五个爲一攢。向左式，一个中一筆宜長，左一右四宜短，大約如人手指然。亦用品字法堆去。

此葉愈宜抱枝，他樹猶可，此最忌散。

一樹到底須大出大入，樹杪宜鋭。

一遍濃，二遍淡，三遍又淡，則不掩，先淡後濃是大病。

垂葉宜淡在下，仰葉宜淡在上，横葉宜淡墨四出。

向左式。向右式。

圓點、扁點、樹針葉、墨葉、散墨葉。點葉正派，止此數種，雙勾在外。

三株一叢，原係主叢，變爲客叢。

□林一叢，原係客叢，變爲主叢，根在下也。

松針葉爲主樹，依次變去。前二叢，第一叢墨葉爲主樹，第二叢圓點爲主樹。可見主樹葉，原無一定。

大約樹直者宜點横葉，樹欹者、俯者宜點直葉，矯然於林外者宜點松針葉。叢中樹宜整立，近邊樹宜蹁躚。雙勾樹宜□□□，以便用它樹襯出也。大約以横點爲主樹者多。

此秋林也。筆盡筆法，墨求墨氣。筆墨相得，而畫之能事畢矣。我用我法，我法盡而我即爲後起之古人。今人未合己心，而欲與古人相抗，遠矣。

横葉宜平，即樹左欹右斜而葉平正如故。直葉宜下垂，不得隨枝卷抱。松針葉宜三向。三向者，向上、向左、向右也。圈宜圓分朵。

葉亦有向，枝向前葉不得向後，風葉、雨葉不在此例。雨葉俱下垂，風葉一向。即枝有順逆，葉無順逆。

點葉不宜太乾，不宜太濕。乾則望之不潤，濕則葉毛而枝朵不分。問：葉常中淡而四邊墨漬者，何故？曰：此謂之墨氣，未易易言也。此非墨，此非水，用墨漿。墨漿之説，另細注於後。濃有濃漿，淡有淡漿，然非紫穎不可。

淡者，所以讓濃之顯也。淡不淡，濃俱亂。

大葉一層點始見本領，濃樹便有蓋藏矣。

寧學一點不畫一樹，寧學一樹不畫一叢。到家多亦好，少亦好。所以雲林與子久齊價。

正派畫只疏疏數筆，令當家望之吐舌。千丘萬壑，途之人知賞焉。識者吹毛求疵，將謂去肉則無骨，具形而失神，久之未有不生厭者矣。所以宋元人出，而晉唐□□高閣矣。

秋林，葉生先樹杪，落亦然。惟老樹先身而後枝。落則枝盡，涉冬而身葉猶在。

群立相依，兩欹借勢，近邊不交，在中勿離。枝參差，葉顯晦。正生奇，同則避。

畫樹人須心細。

叢不宜方，大叢之樹，根不長。叢不宜欹，大叢之樹，枝不奇，叢宜密，煙補隙。

樹一叢至十□□數株，其中無煙而有煙，無雨而有雨，此妙在虛處淡處、欲接不接處。

樹在樹後，雖遠雖淡，必須照應。或露根，或露幹，或露枝葉，還他清白，愈見深厚。

墨□中見筆法，（則墨氣）始靈。筆法中有墨氣，則筆法始活。筆墨非二事也。

淡樹之後復有濃樹，大叢也是合二叢三叢於一叢法。然濃樹不得太大。

葉式惟有三□，俯、仰、平。梅花道人點空白勾葉皆算平式。拉長改闊，加大均小，可變數十數種葉式。不可太多，多則奇，奇則未免小方矣。隔叢不礙重點。

望之蓊蔚，而其中實葉葉分明者，燥濕得宜也。點燥而染濕，濕不掩燥。點濃而染淡，淡以活濃。皴者，聯絡于點染之中者也。點自點而染自染。則顯然兩層矣。皴乾染也。

多樹一叢不宜太直，太直則板矣。此樹欹者，所以讓彼樹之直也。直樹之後，難安樹矣。故樹多不宜直，直樹結局之樹也。直樹之後再增直樹不妨，不得從畫屈曲之樹矣。

龔半千課徒畫稿

起手式。畫山水先學畫樹，畫樹先畫樹身。

第一筆，自上而下，下鋭下立，中宜頓挫。頓挫者，折處無棱角也。一筆是畫樹身左邊，第一筆即講筆法。筆法要遒勁。遒者，柔而不弱；勁者，剛而不脆。弱則草，脆則柴，草則薄，柴則枯矣。

二筆轉上即爲三筆。三筆之後，隨手添小枝。添小枝不在數内。

第四筆，是畫樹身右邊。樹身内，上點爲節，下點爲樹根。

添枝無一定法，要對枯樹稿子臨便得。

全樹。樹枝不宜對生，對生是梧桐矣。

大約樹無直立，不向左即向右，直立者是變體。向左樹枝左長右短，向右樹右長左短。

向左樹爲順手，向右爲逆手。

向右樹式，向左樹先身後枝，向右樹先枝後身。

向右樹，一筆起手若此。隨手添小枝不算。

二筆畫樹身右邊。一筆從左轉上。添小枝不算。

三筆畫樹身左邊，添小枝不算。即成全樹。

向右第一樹。第二樹。第三樹。三樹爲一林，又謂之一叢。

畫一樹要象一樹，今樹合看亦一叢，分而觀之，其中有不象樹者，由於畫理不明也，山無一定之款式。畫樹如人，有直立，有偏奇，有俯仰，有顧盼，有伏臥。大枝如臂，頂如頭，根如足，稍不合理如不全之人也。畫樹之功，居諸事之半，人看畫先看樹，如看詩者先看二律也。

一叢之内，有主有賓。先畫一株爲主，二株以後俱爲客矣。

向左樹必要另一樹向前，右亦仿此。向左樹以左爲前，右爲後。向右返是。

根在下者爲主叢，根在上者爲客叢。根在下者頭不得高於客叢。

主樹不得太小，亦不可太大。大大小小爲妙。根梢俱不要相同。

向左林。向右林。

一叢之内有向有背。第一株向左，二株不得又向左。二株兩向謂之分向。三株即同一株之向。枝即宜兩分，謂之破式。三株頭與一株同向，枝或兩向，謂之調停。

一樹枝梢直上，旁樹或止畫一叢，謂之單叢。或畫二叢，謂之雙叢。二叢或二或三，或四或五，不可二叢相對一樣。二叢不妨或太多太少。

春林。枝枯脆者爲寒林。枝柔弱而潤澤者爲春林。稍著點者爲新緑，新緑一色點。分各樣點者爲疏林。枝上留白而用淡墨染其枝外爲雪樹。必先畫枝好而加點者，一枝有一枝之勢。若云枝在内，而點葉在枝可潦草，謂之不得勢。

樹身不宜太直，直則板。不宜太曲，太曲則俗矣。

樹直立者身宜瘦宜高。欹斜者不妨身闊。畫柳宜先畫成枯樹，然後加長條，添下垂枝方是柳。不宜早勾下垂條。

葉種數甚多，可用者止四五種，餘俱外道也。然作奇畫又不得不變。

凡雙勾皆謂之秋葉，種數甚多，有一種墨葉，即有一種雙勾。

此種謂之圓點子，是第一種。

此種謂之扁點子，是第二種。

此是半菊頭，第三種。

此是松針葉，非松針也，有類於松針，第四種。

松針葉向左式。　松針葉向右式。

下垂葉，第五種。

月芽枝。　月芽枝非枝也，葉也。　葉似月芽，故名。

小石爲石，大石爲山。　直立而長者爲壁，圓而厚者爲嶺。　平坦而光者爲岡，中留空者爲洞，山多必留雲氣間之，始有崚嶒之勢。　有石山有土山，有石戴土者，有土戴石者。

畫石起手，一筆畫石左邊。　二筆畫石右邊。　二筆合成一石。　三石爲壘。

石有直立者，有横臥者，方不可太方，圓不可太圓。

石要大小相間。　亦有聚小石在下，而大石冒其上者。　亦有大石在上，而上又加小石者。

山外匡爲輪廓，内紋爲分筋。　皴下不皴上，下苔草所積，陰也；　上日月所照，陽也。　陽白而陰黑。

此是加皴，從乾就濕法。　分筋墨與輪廓相似，分筋筆不宜闊，闊即淡而乾，漸次淡淡加染，以樹之濃淡爲濃淡。

加皴法，先勾外匡，後分紋路，皴在紋路之外，所以分陰陽也。皴法先乾後濕，先乾始有骨，後濕始潤。皴法常用者止三四家，其餘不可用矣。惟披麻、豆瓣、小斧劈可用，牛毛、解索亦間用之，大斧劈是北派，萬萬不可用矣。

畫房子，要明正、仄、向左、向右之勢，雖極寫意，也須端正。不然令人見之心中危殆，必不安也。

下面平房，上出者爲樓。寺門。内殿。板橋。茅葶。

大石橋。上面見右，則下空見左。小石橋。上面見左，則下空見右。

畫有三遠，曰平遠，曰深遠，曰高遠。平遠水景，深遠煙雲，高遠大幅。畫手卷要平遠，畫中幅深遠。

三等坡，在下者爲沙，在中者爲岸，在上者爲遠山。中坡、下坡不宜太厚，遠山不宜太薄，薄者爲遠岸，江景、湖景方可用。

山下白處爲雲，要留雲之款式，方纔是雲。雲頭自下泛上，此不畫之畫也。

雲山，雲宜厚。悟之三十年不可得，後遇老師曰，山厚雲即厚矣。

松。松葉在上半，不得擁身到根。

柳。柳身短而枝長，荒柳、寒柳爲上，點葉者是美人畫太湖石邊物也。

梧桐。梧桐枝對生不妨，皮用横畫始肖。

柏。住船。

此幅合畫而分學，學成不可用在一處。右二樹是柏。左四樹楓林。下澗水。坡上山門。遠岸住船。

夾葉。成林作色用，然須樹樹各色。

此謂之倪、黄合作。用倪之減、黄之鬆，要倪中帶黄，黄中有倪，筆始老始秀，墨始厚始潤。

稀葉樹用筆須圓，若扁片子是北派矣。北派縱老縱雄，不入賞鑒。所謂圓者，非方圓之圓，乃圓厚之圓也。畫師用功數十年，異於初學者，只落得一厚字。

龔半千課徒稿

畫要有士氣，何也？畫者詩之餘，文者道之餘。不學道，文無根；不習文，詩無緒；不能詩，畫無理。固知書畫皆士人之餘技，非工匠之專業也。

一僧問一善知識曰：如何忽有山河大地？答云：如何忽有山河大地，此造物之權輿，畫家之無極也，不可不知。

畫非小技也，與生天生地同一手。當其未畫時，人見手而不見畫；當其已畫時，人見畫而不見手。今天地升沈，山川位置，是誰手爲之者乎？見畫而不見手，遂謂無手，烏乎可？欲問生天生地之手，請觀畫手。

畫有四要，曰氣韻、筆法、墨氣、丘壑。筆法要健，墨氣要活，丘壑要安妥，三者得而氣韻生矣。

畫之妙處，在筆圓氣厚。

筆中鋒始圓，筆圓則氣厚矣。

丘壑者非先事也，今人惟事丘壑，付筆墨於不講，猶之乎陳列鼎俎，不問其皆自前代來也。噫，可笑矣！

未學畫，先知看畫。不知看畫，學必差矣。今人僅有能看畫而不知作畫者，亦有能作畫而竟不知看畫者。能看不能畫，其人不畫則已，畫必精。能畫不能看，其人畫可知矣。所以舉師，須考之於衆論。

畫寧可失之高，不可失之冗。可失之生，不可失之熟。生有救，熟不可醫矣。熟近俗，俗，詩畫之大病也。

古稱畫之大病有三，曰板、刻、結。圓活可以救板，淺淡可以救刻，疏散可以救結。解「筆墨」二字，無三病矣。

〔長〕畫勿脱，横畫勿背，大畫勿散，小畫勿促，〔方〕畫勿板。

亂求理，整見才，細須文，豪有法。字畫須拆看，筆筆有法，款式勿論矣。

筆路長，墨有光，畫運昌。筆疏秀，墨渾厚，畫之壽。老子曰：「三十輻共一轂，當其無有車之用。」吾於畫亦云，畫之神理，全在虚處淡處。

畫固多類也，山水爲上。山水無聲之詩也，可以托意深遠。

畫苑名家

晉

顧愷之，字長康，小字虎頭，晉陵無錫人。義熙中爲散騎常侍，博學有才氣。丹青亦造其妙，法如春蠶葉絲。細視之，六法兼備。時人稱爲三絶，畫絶、癡絶、才絶。

唐

李思訓，唐宗室也，官司至左武衛大將軍。畫皆超絶，尤工山水，筆格遒勁，爲後人著色之宗。

李昭道，思訓之子，官至中書舍人。作畫稍變其父之勢，世稱思訓爲大李將軍，昭道爲小李將軍。

王維，字摩詰，官至尚書右丞。善畫，尤精山水。

荆浩，河内人，自號洪谷子。山水爲唐宋之冠。

五代

關仝，長安人。畫山水，師荆浩，晚年過之。

宋

郭忠恕，字恕先，洛陽人。師關仝，太宗知其名，召爲國子監主簿，忤旨流登州，道中尸解仙去。

董源，江南人，事南唐爲後苑副使。善畫山水，天真爛熳，高趣高古。論者謂水墨類王維，著色如李思訓。

李成，字咸熙，唐宗室。避地營丘，遂家焉。善文，有大志，才命不偶，放意詩酒，寓興於畫。師關同。子踐館閣，贈光禄丞。

范寬，名中正，字中立，華原人。性温厚，嗜酒，有大度，人故以寬名之。山水師李成，又師荆浩。既而歎曰：「與其師人，不若師諸造化。」卜居終南太華間。

郭熙，善寒林，宗李成。早年巧贍，晚年落筆益壯。

僧巨然，鍾陵人。畫山水秀潤，得董源正派。

趙令穰，字大年，宋宗室。雪景類王維。

米芾，字元章。山水其源出董源。

趙伯駒，字千里。善山水，高宗甚愛重之。

米友仁，字元暉，元章子，能傳家學。

李唐，字晞古，河陽三城人。徽宗朝畫院待詔，賜金帶，時年八十。

馬遠，光寧朝待詔。

夏珪，字禹玉，錢唐人。待詔，賜金帶。

元

趙孟頫，字子昂，號松雪道人，宋宗室，居吴興，官至翰林學士，封魏國公，謚文敏。

趙雍，字仲穆，文敏子。山水師董源，善畫馬。

錢選，字舜舉。師趙千里。

龔開，字聖與，號翠岩，淮陰人。師二米。

黄公望，字子久，號一峰，又號大癡道人，平江常熟人。幼習神童科，通三教，畫師董源。

吴鎮，字仲圭，號梅花道人，嘉興人。師巨然。
倪瓚，字元鎮，號雲林，無錫人。畫平遠。
盛懋，字子昭，嘉興人。
王蒙，字叔明，吴興人，趙文敏甥。畫師巨然。

明

沈周，字啟南，號石田，姑蘇人。學黄大癡。

藝　文　叢　刊

第　七　輯

105	歷代名畫記	〔唐〕張彦遠
106	澹生堂藏書約(外五種)	〔明〕祁承㸁等
107	呼桓日記	〔明〕項鼎鉉
108	**龔賢集**	**〔明〕龔　賢**
109	清暉閣贈貽尺牘	〔清〕惲壽平
110	甌香館集（上）	〔清〕惲壽平
111	甌香館集（下）	〔清〕惲壽平
112	盆玩偶録	〔清〕蘇　炅
	栽盆節目	李　桂
	盆玩瑣言	李南支
113	西湖秋柳詞	〔清〕楊鳳苞
	西湖竹枝詞	〔清〕陳　璨
114	小鷗波館畫學著作五種	〔清〕潘曾瑩
115	故宫楹聯	〔清〕潘祖蔭
116	曾文正公嘉言鈔	梁啓超
117	飲冰室碑帖跋	梁啟超
118	弄翰餘瀋	劉咸炘
	書法真詮	張樹侯